I0621468

Marcelo leite Ferraz

O Assassinato na Casa Barão

Marcelo leite Ferraz

O Assassinato na Casa Barão

☐ Marcelo Leite Ferraz, 2017

Todos os direitos reservados.
Proibida a reprodução de partes ou do todo desta obra sem autorização expressa do autor
(art. 184 do Código Penal e Lei nº 9.610, de 19 de fevereiro de 1998).

_____

F381a
  Ferraz, Marcelo Leite.

O Assassinato na Casa Barão./ Marcelo Leite
Ferraz. Cuiabá-MT: Carlini & Caniato Editorial,
2017.

ISBN 978-85-8009-191-5

1.Literatura. 2.Romance. I.Título.

CDU 82

Editores
Elaine Caniato
Ramon Carlini

Capa
Alexandre Santana, a
partir de ilustração de
Luiz Gustavo
Mocellin

Revisão Textual
Cristina Campos

Carlini & Caniato Editorial (nome fantasia da Editora TantaTinta Ltda.)
Rua Nossa Senhora de Santana, 139 – sl. 03 – Centro-Sul
Cuiabá-MT – (65) 3023-5714
carliniecaniato.com.br - contato@tantatinta.com.br

Dedico este livro para os meus amados sobrinhos: Matheus Neves Ferraz, Cecília Neves Ferraz e Sofia Ferraz Curvo. E com toda honra, virtude e humildade, dedico esta obra também aos meus ilustres irmãos das Maçonarias de Mato Grosso, bem como aos eméritos membros da Academia Mato-grossense de Letras. Por fim, como não poderia deixar de ser, ofereço este romance aos estudantes do Estado de Mato Grosso.

Índice

Capítulo I

O Foca em Ação

Em um dia nublado, com uma temperatura de 22° C, desses que raramente ocorrem na cidade calorenta de Cuiabá, após uma revoada de araras passar do lado de fora da janela do edifício Centro Empresarial Paiaguás, o celular tocou e o editor do jornal *Diário da Capital*, Haroldo Pinto, já com cara de pânico causada pelas noites seguidas de insônia misturadas com doses matutinas diárias de café, atendeu e ouviu atentamente o relato da fonte:

— Hoje, logo cedo, o corpo do advogado e historiador Eustáquio Mahon foi encontrado com várias perfurações na região da nuca.

— O quê? O senhor está falando sério? Onde ele foi encontrado?

— Mahon estava sentado na cadeira com o rosto sobre a mesa, em uma sala localizada dentro da Casa Barão.

— Já se sabe a natureza do crime? — perguntou Pinto.

— Tudo indica que foi uma execução, pois o objeto perfurante foi deixado ao lado do corpo: uma caneta Montblanc de ouro.

— Mas o assassino não levou nada de valor?

— Nada foi levado da vítima e nem do local.

— Puta merda! Que bomba! Isso vai dar capa! Obrigado pela informação, estamos imediatamente enviando um repórter aí!

Antes mesmo de desligar o telefone, ainda eufórico, Haroldo gritou olhando em direção à redação, que ficava alguns metros da sua sala, posicionada de frente à avenida principal da cidade de Cuiabá:

— Ribeiro! Para tudo o que você está fazendo e venha aqui agora mesmo!

Benjamim Ribeiro estava com um fone de ouvido escutando *rock* e despreocupadamente balançando a cabeça. Sobre a mesa dele havia dezenas de pacotes de biscoitos vazios em meio a uma papelada sem fim, que dizia ser o seu arquivo mágico.

Benjamim já era conhecido na redação por ser um cara demasiadamente desorganizado, comilão, e sem nenhuma metodologia para trabalhar. Ele sempre estava vestido de preto, com a cabeça raspada e uma barbicha para disfarçar o rosto gordo e redondo.

Às vezes, no meio do expediente, começava a dormir sentado; impressionantemente, conseguia manter a cabeça alinhada ao próprio pescoço e assim permanecia com os olhos fechados.

Após gritar várias vezes o nome de Benjamim, Haroldo perdeu a paciência e foi à mesa dele. Quando chegou bem perto do jornalista, puxou-lhe os fones de ouvido e gritou de novo:

— Você está de sacanagem comigo! Porra! Quantas vezes já gritei teu nome? Agora, faz um favor! Preste atenção nessa pauta que vou te passar: hoje, pela manhã, o corpo daquele advogado famosinho da cidade, Eustáquio Mahon, foi encontrado com várias perfurações na região da nuca.

Vai lá cobrir essa matéria. Liga pra Polícia Civil, fala com o delegado Flávio Boa Morte e vê se ele já começou a investigar o caso. Depois, fale com o pessoal da Casa Barão que encontrou o presunto e me traz uma matéria publicável. E, por favor, vê se não vai fazer besteira de novo! Cheque todas as informações antes de me enviar o texto!

— Nossa! Meu Deus! Eu não estava preparado psicologicamente para cobrir um assassinato hoje! Pô! Vocês querem me ferrar mesmo! Todo dia a mesma coisa: só presunto, morte, batida, explosão e incêndio. Quando é que vou contar uma história romântica, dessas que passa no Programa do Ratinho? — perguntou Ribeiro, num tom de ironia misturado com humor e desânimo.

Ele tinha um jeito cômico de ser, porém transparecia cansaço com as tragédias diárias que nunca cessavam – até porque fazia parte da profissão de jornalista reclamar e lamuriar, mas cumprir a missão.

— Olha! Não se esqueça de levar o fotógrafo contigo! Preciso de imagens do local e da vítima, mas pede pra ele ser discreto, fotografá-lo um pouco de longe. Ok? Você entendeu? Qualquer coisa me liga aqui e vai passando as primeiras informações.

Pinto estava com muita esperança de que a notícia alavancasse as vendas do jornal naquele fim de mês, pois o proprietário já tinha dito que não teria dinheiro suficiente para arcar com os salários de todos os funcionários caso as vendas dos anúncios continuassem tão baixas.

Benjamim, por um momento, entrou em pânico. Sabese lá por qual motivo, ele nunca se sentia preparado para cobrir nenhuma matéria. Por isso, quando saía para apurar um fato, era como se uma força misteriosa estivesse falando e agindo do lado dele, a todo momento, para que conseguisse realizar alguma tarefa no dia a dia de repórter.

Nem sempre ele podia contar com esse estado de espírito, pois a sua insegurança profissional estava sempre tentando lhe impor desafios e labirintos psicológicos, entretanto, ao final, quase que milagrosamente, entregava o texto jornalístico ao editor nos últimos minutos que faltavam para fechar a edição diária.

E, assim, ele ia sendo conduzido pela mão invisível dos antigos jornalistas que vagavam pelos becos escuros da capital cuiabana à procura de um furo de reportagem. Ribeiro não podia vê-los e nem ouvi-los de fato, mas eles estavam lá... Guiando-o nas missões mais difíceis da profissão heroica.

Com o coração pesado e um vazio profundo na alma, o jovem repórter pegou seu gravador velho, um lápis pela metade, um bloquinho de notas e saiu para a batalha imprevisível na selva de pedras. Ele tinha um Fusca branco, que quase sempre estragava na hora em que mais precisava de agilidade, porém, como o tempo de Ribeiro era relativo em relação ao de outras pessoas normais, o universo conspirava a seu favor e tudo acabava se resolvendo quando deveria ser.

Ele vivia num caos emocional, pois, mesmo sendo jovem, já tinha que pagar pensão alimentícia e conviver com a impaciência da ex-mulher, além de ter que achar tempo para educar a única filha que possuía.

No entanto, tudo isso não era empecilho para que Ribeiro tentasse seduzir outras mulheres, já que tinha uma bagagem literária de dar inveja a qualquer professor das universidades brasileiras e, quiçá, até aos de fora do país.

Ele tinha uma memória cultural enorme sobre a vida dos escritores e de cada corrente literária, mas não sabia quase nada sobre os métodos contemporâneos de se fazer jornalismo e tudo o mais que a atualização da profissão exigia.

Assim, Benjamim Ribeiro ia se equilibrando entre ser erudito, mas desorganizado; inseguro, porém com muita sorte; aparentemente sem detalhes atraentes, contudo com uma presença de espírito marcante: sedutor e, no conjunto da obra, cativante.

Quando estacionou o Fusca em frente à Academia Matogrossense de Letras, que já era popularmente conhecida como Casa Barão, ficou relembrando as aulas de história regional. À época, os fundadores do local homenagearam o herói da Guerra do Paraguai, Almirante Augusto João Manuel Leverger, conhecido por Barão de Melgaço.

"Este mereceu incontestavelmente a justa homenagem, pois, além de ser escritor, atuou em defesa da Província de Mato Grosso quase que durante a vida dele inteira", pensou.

Quando Ribeiro entrou na Casa Barão, a maioria dos jornalistas da cidade já estava no local cobrindo a matéria. Alguns entrevistavam o delegado Flávio Boa Morte; já outros acompanhavam os trabalhos dos peritos criminais e dos investigadores.

O corpo do advogado Eustáquio Mahon encontrava-se na mesma posição em que foi identificado, pois os técnicos em necropsia ainda estavam a caminho da rua Barão de Melgaço que, por coincidência ou não, era o mesmo nome do local, além de ter sido um dia, há cerca de um século e algumas décadas, a própria residência do Barão.

A vítima encontrada era muito presente no círculo social e cultural da cidade. Além de ser membro da Academia de Letras, também era articulista de inúmeros jornais, aos quais escrevia semanalmente sobre política, história e literatura. Mahon também fazia parte da Maçonaria e era conhecido pelos colegas de trabalho por nunca ter perdido uma causa sequer no mundo jurídico. Ele inclusive dava aulas nas universidades locais, ou seja, era uma personalidade marcante e notória, que vivia no seio da sociedade cuiabana.

Tímido e sem jeito para fazer perguntas, enquanto os microfones e gravadores estavam apontados para captar a versão do delegado, Ribeiro resolveu ouvir todas as perguntas primeiro e, só depois, quando estivesse sozinho, questionar alguma coisa.

A rotina jornalística se seguiu naturalmente com aquelas perguntas para construir a pirâmide invertida: Que horas ocorreu o fato? Alguém presenciou o crime? Já se sabe a motivação do crime? Quem são os suspeitos?

Diante de tantas questões, o delegado respondeu, de forma técnica:

— Não temos muitas informações, porque ainda estamos aguardando o resultado da perícia criminal. Sabemos que não foi latrocínio, pois nada foi levado do local. Além disso, pelo nível da violência empregada pelo assassino ao cometer o homicídio, é possível afirmar que se trata de um crime de ódio, ou seja, quem matou tinha a intenção real de consumar uma execução cruel contra o desafeto que, no caso, era a pessoa do doutor Mahon — mesmo com a temperatura agradável do ambiente, o delegado suava feito um boi no rolete e apresentava estar nervoso com a aglomeração dos repórteres no local.

Enquanto os jornalistas praticamente o sufocavam com inúmeras perguntas, mais uma vez Benjamim foi socorrido pela providência mediúnica: uma voz quase imperceptível, mas orientadora, soprou nos seus pensamentos: "Não perca tempo com esses papagaios! Vá até a cena do crime e observe os detalhes. Procure os fatos! Escolha uma porta entre os vários caminhos investigativos que podem lhe abrir a percepção da mente".

Então, o jornalista um pouco desajeitado saiu do meio da aglomeração dos colegas de trabalho e caminhou até a Sala de Leitura, onde se localizava o corpo da vítima. Ribeiro notou que a mesa estava cercada por estantes abarrotadas de livros antigos. O cheiro de traças e naftalina, misturado com o sangue já coagulado da vítima, trazia-lhe à memória os contos de Edgar Allan Poe.

Ele não sentia medo de se aproximar, mas uma excitação neurótica o fazia imaginar inúmeras cenas de assassinatos escritas pelos escritores que ele já tinha devorado um dia, inclusive os contos de Poe.

Deixando-se levar por esse faro jornalístico místico, Ribeiro observou o local atentamente. Percebeu as dezenas de livros abertos sobre a mesa coberta pelo sangue que saiu da nunca perfurada de Mahon.

Eram vários diários escritos pelo próprio Barão de Melgaço à época em que ele mapeava e registrava os trajetos feitos no rio Paraguai, na segunda metade do século XIX.

Próximo da mão esquerda de Mahon havia um diário específico, também todo manchado de sangue. Ribeiro não perdeu tempo e marcou os nomes de todos os livros no seu bloco de notas, inclusive o que estava perto da vítima.

Segundo o que o perito contou a Benjamim, a nuca da vítima foi perfurada 13 vezes. Não foi possível colher as digitais de quem utilizou a caneta, pois o assassino deveria estar usando luvas de couro ou de enfermeiro.

Algo estranho chamou a atenção de Benjamim, que mais ninguém na cena do crime percebeu, nem mesmo os peritos: do outro lado da sala, posicionado entre duas estantes de livros, um homem estava vestido de terno com uma gravata borboleta, materializado em forma de plasma fantasmagórico. Era o jornalista e historiador Mendonça Filho em pessoa, tentando ajudar outro jornalista a resolver mais um caso. Entretanto, dessa vez, a matéria era de suma importância para a passagem definitiva de Mendonça às dimensões celestiais, afinal a situação dele ainda não estava resolvida, pois, quando ainda era vivo, estava quase desvendando um mistério. Todavia, antes mesmo de terminar de investigar o caso e publicar a reportagem que escrevia, também foi assassinado a sangue frio.

À época dos fatos, cortaram-lhe as mãos e a garganta, porém, na ocasião, um suspeito qualquer foi incriminado e acabou pagando o pato pela morte do grande jornalista e, assim, o caso foi arquivado, por isso ele estava desesperado para ajudar Ribeiro a buscar um norte e, definitivamente, trazer à tona a verdade.

A comunicação entre os dois só podia ser genuinamente intuitiva – um tipo de inspiração ou faro jornalístico que ia moldando as ideias de Benjamim. Mendonça podia influenciar sua imaginação, mas não podia manifestar sua voz ou tocar nele, pois algo sobrenatural o impedia de se expor diretamente ao jovem repórter. No máximo, em raras exceções, o espectro fantasmagórico de Mendonça Filho podia, com muita concentração e esforço, empurrar objetos no mundo fenomênico.

Dessa maneira foi que Benjamim viu o que outras pessoas não perceberam. No momento em que ele olhava na direção das estantes, um livro caiu no chão, próximo a uma parede que, aparentemente, não dava acesso a nenhuma outra sala da Casa Barão.

Incrédulo com o que tinha acontecido, pois não estava ventando lá dentro e nem havia ninguém por trás da estante para empurrar o livro, Benjamim ficou assustado, entretanto logo se recompôs e olhou novamente para o chão.

Embaixo do livro, havia metade de uma pegada manchada de sangue na forma da sola de um sapato. A impressão é que a outra metade da sola tinha entrado por baixo da parede de concreto, o que parecia não ter nenhuma lógica. Então, Ribeiro chegou perto, avaliou a situação, mas não chegou a nenhuma conclusão.

Já Mendonça Filho, notando que Ribeiro não tinha sacado a dica, não pôde fazer nada – até porque ele só podia tocar em objetos do mundo fenomênico a cada 24 horas, pois o gesto lhe consumia muita energia. Assim, balançou a cabeça e disse:

— Esse idiota é mais imbecil do que eu imaginava, porém, de todos os que estão aqui, é o único de coração puro. Não tem outro jeito: ou eu o ajudo com essa matéria ou então vou ficar aqui pela eternidade afora tentando descobrir a verdade — Mendonça disse isso e sumiu, atravessando a parede de concreto sem ser notado por nenhum vivo.

Ao perceber que todos os outros jornalistas tinham saído da Casa Barão, Ribeiro foi entrevistar o delegado. Já o fotógrafo que o acompanhava ainda tirava fotos da cena do crime. O delegado estava lá fora fumando um cigarro quando o jornalista o abordou e pediu um isqueiro.

— O senhor tem fogo?

Quando viu que era Benjamim Ribeiro quem pedia o isqueiro emprestado, fez aquela cara de desdém para o jovem jornalista, pensando: "Olha só, mais um fracassado na vida, mas este nem sequer consegue acompanhar uma entrevista".

— Tudo o que eu tinha de falar já disse, Ribeiro. Se você perdeu a entrevista, azar; não tenho mais tempo para lhe contar os fatos novamente.

Com aquele jeito de bobo que não quer colocar tudo a perder, jogando fumaça no rosto do delegado, Ribeiro disse:

— Ok, Delegado! Só estava pensando sobre esse homicídio. Por que o suspeito mataria um membro da Academia de Letras com uma caneta de ouro? Ou o senhor encontrou outro objeto na cena do crime?

O delegado, nervoso com aquela situação de ter que dar atenção para um jornalista qualquer, falou:

— Caso você queira saber de mais alguma coisa além do que eu já disse aqui, vá falar com a assessoria de imprensa do governo. Eu tenho muito mais o que fazer do que ficar repetindo informação.

— Mas que hora o local vai ser liberado? — perguntou Ribeiro, demonstrando querer uma informação sem valor, mas que, para ele, era crucial, pois queria investigar a pegada sem a presença dos policiais.

— Os peritos já terminaram. O corpo será levado para o Instituto Médico Legal. Agora saia da minha frente! Tenho que fazer o meu trabalho — e o delegado Flávio saiu às pressas em direção ao carro dele.

Ribeiro ligou para todas as assessorias, pegou as informações complementares e foi para o jornal escrever o factual da matéria. Ao ver as fotos e ler a narrativa dos fatos, Haroldo lhe disse:

— Ok. Essas informações toda a imprensa já tem e nós também informaremos, mas eu quero algo exclusivo, por isso você vai ficar responsável em apurar somente essa matéria. Jornalismo investigativo! Entendeu? Tudo o que você descobrir de novo, informe-me imediatamente. Até o fim desse caso, manteremos uma coluna investigativa no caderno policial. É uma grande oportunidade para você se destacar com essa matéria. Então, faça por merecer!

o Diário de Mahon

Ao sair do jornal, Benjamim parou para comer um cachorro-quente, mas acabou comendo dois, além de tomar duas latas de guaraná. Ele ganhava pouco, no entanto, "milagrosamente", o dinheiro rendia para cobrir suas despesas e ainda fazer caridade. Deste modo, ele pagou um lanche a um mendicante que estava passando e ainda parou para ouvi-lo.

— Obrigado, senhor! Já tinha mais de 24 horas sem comer nada — disse-lhe o andarilho, com a face esquelética como se acabasse de ser libertado dos campos de concentração durante o período do regime nazista alemão.

— Não me chama de senhor, não tenho nenhum escravo para ser chamado de tal nome. Mas diga-me uma coisa: você é viciado em ópio, quer dizer, na pedra?

Quase sem força para comer e dialogar, o rapaz respondeu com a voz baixa e nasalada:

— Já fui viciado, sim, por cerca de vinte anos. Mas hoje as coisas estão tão difíceis que nós, os moradores de rua, não conseguimos sequer arrumar dinheiro para comer, quanto mais para usar drogas.

— Não quero me intrometer na sua vida. Bom... Você gostaria de achar um lugar para tomar banho, dormir à noite e até, quem sabe, arrumar um bico temporário? — perguntoulhe Benjamim, já com uma ideia louca na cabeça.

Ele tinha um amigo que era coordenador de uma casa de assistência social. Muita gente na cidade nem sabia que existia um lugar desses funcionando e, por incrível que pareça, os moradores de rua não queriam ficar presos a um local só. Eles, na maioria das vezes, gostavam de perambular por toda parte da cidade.

Assim, após ouvir o que o jovem à sua frente tinha a dizer, o mendicante falou:

— Gostaria, sim! Mas não quero ir para aqueles lugares onde a gente sofre violência. Da última vez que me internaram em uma casa de repouso, as pessoas de lá viviam batendo na gente. E só nos tratavam bem quando os fiscais iam lá. Era uma tristeza sem fim ter que comer aquela gororoba nojenta e apanhar quando não queria tomar banho — disse o andarilho, com desgosto e amargura.

— Não! Pode acreditar! O local pra onde vou te levar é de primeira categoria. O coordenador é meu amigo. Ele é um homem dedicado à caridade há muito tempo e tem o maior prazer em ajudar as pessoas. Pode confiar em mim. Olha! Eu estou indo para o outro lado da cidade e vou passar lá em frente, daqui a pouco. Quer que eu te deixe lá?

O rapaz olhou mais uma vez para Benjamim e, ao engolir o último pedaço do cachorro-quente, balançou a cabeça afirmando positivamente que aceitava o convite para receber ajuda. Os dois então entraram no Fusca de Ribeiro e partiram para o local.

O Lar Espírita da Consolação era uma residência de amparo tocada por um médico, que prestava esse trabalho sem fins lucrativos às pessoas mais carentes.

Benjamim estacionou o veículo, desceu e tocou a campainha. De lá de dentro veio uma senhora, aparentando ter seus 60 anos e, quando abriu a porta e viu que era Benjamim, soltou um sorriso afetuoso e disse:

— Mas vejam só! Se não é o nosso amigo jornalista Benjamim Ribeiro... Quanto tempo, hein? — disse a velhinha, abraçando o jovem.

Todos os que trabalhavam nessa obra de caridade tinham o maior respeito por Benjamim, pois ele, um dia, fez uma reportagem especial sobre o local e com isso conseguiu sensibilizar muitos empresários da cidade que, a partir de então, passaram a contribuir com mantimentos e outras formas de auxílio para ajudar a manter os serviços prestados aos moradores de rua.

— Olá, dona Hercília! Estou aqui novamente para trazer mais uma pessoa que precisa muito do amparo caridoso de vocês. Este é Jesus de Oliveira. Ele é um exviciado que está precisando de um lugar para passar a noite. No caminho, ele me disse que já trabalhou como eletricista, marceneiro e auxiliar de mestre de obras. Creio eu que vocês terão muito trabalho para oferecer a ele. Mas, antes, ele precisa de um bom banho, cortar o cabelo e fazer a barba.

Olha, meu amigo, aqui eles prezam muito pela higiene pessoal e espiritual também. Por isso, você vai ganhar uma nova família, pode acreditar, chefe! — disse Benjamim ao mendigo, com seu jeito brincalhão de dar gargalhadas escandalosas para tornar o ambiente em que estava inserido mais leve e menos sério.

O andarilho, meio incrédulo com toda aquela pompa, aceitou ser encaminhado para receber os primeiros atendimentos. Já Hercília ofereceu uma limonada para Benjamim. Este perguntou pelo amigo dele:

— E o doutor Serafim Novis Neves? Às vezes, tenho lido alguns artigos dele — falou, demonstrando admiração enquanto pronunciava o nome do amigo.

— Então... Uma senhora passou mal aqui e teve que ser levada à sala de operações para fazer uma cirurgia no coração. O doutor Neves está neste momento com a sua equipe tentando salvá-la.

— Ah! Sim! Espero que ele consiga reverter o quadro clínico dela.

Naquele momento, tocou o celular de Ribeiro. Ele atendeu e ouviu a voz rouca e estridente do editor Haroldo Pinto querendo saber se ele tinha mais informações sobre o caso. Perguntou para ele se os técnicos divulgaram alguma coisa sobre a perícia no local. Mas Benjamim ainda estava aguardando o resultado. Assim, tentou acalmar o editor dizendo que estava a caminho da Casa Barão, porque tinha um detalhe que precisava continuar investigando.

Ao entrar no carro, amentou o volume do som e ficou fumando para relaxar, quando um guarda mal-encarado bateu no vidro que estava fechado e disse:

— Você perdeu a noção do perigo? Fumando essa porcaria aqui, bem no centro da cidade? — e assim que viu que era Benjamim Ribeiro, começou a dar gargalhadas. — Ah! Então é você de novo! Seu safado! Cara, já te disse para não fazer isso aqui, no meio da rua. Você tem sorte que fui eu, de novo, quem te abordou. Caso fossem os meus colegas, você iria levar, no mínimo, uma surra, seu maconheiro!

O policial que tinha abordado Ribeiro era um primo dele distante e muito careta, mas, sempre que isso acontecia, ele acabava liberando Ribeiro, pois o considerava um cara muito engraçado, que não poderia fazer mal a uma mosca sequer, quanto mais perturbar a ordem pública.

— Agora, apaga essa porra e vai embora, antes que eu mude de ideia.

Benjamim deu algumas tossidas, jogou o bagulho fora e, ainda com os olhos vermelhos, saiu assustado de volta à Casa Barão. Com a mente leve e um pouco pensativa, estacionou em frente à Academia de Letras. No local, a repórter de uma emissora nacional estava gravando uma passagem, o que significava que o caso tivera grande repercussão.

"O corpo do advogado Eustáquio Mahon foi encontrado com várias perfurações na região da nunca, na manhã desta sexta–feira (13), em uma sala da Academia Mato-grossense de Letras. Segundo informações do delegado de polícia regional, a vítima teria sido executada com vários golpes de caneta. As autoridades ainda não informaram o motivo pelo qual Mahon, que era membro da Academia, foi brutalmente assassinado", relatou a repórter Vanessa Boa Sorte para o público que a assistia, ao vivo, pela televisão.

Benjamim passou bem longe da câmera, pois morria de vergonha de ser filmado. Ao entrar na Casa Barão, ele percebeu que o corpo do advogado já tinha sido removido para o IML. Pediu ao recepcionista o cartão de visitantes para consultar alguns livros no local onde o corpo foi encontrado. Porém, o dito-cujo, posicionado do outro lado do balcão, ainda muito assustado com tudo o que tinha acontecido naquele dia, disse:

— Meu amigo, se eu fosse você não entraria nessa sala. Hoje, o doutor Mahon foi assassinado aí dentro a sangue-frio. A faxineira acabou de limpar o sangue dele. Os técnicos estavam aí, hoje de manhã, fazendo a perícia da cena do crime.

— Estou sabendo disso, mas vim aqui somente pra consultar esses livros, pois é muito importante. Sou jornalista e estou cobrindo o caso. Você sabe se tem alguém lá dentro ainda?

— Não! Não tem ninguém! O delegado voltou ao fim da manhã, mas parece que não achou o que estava procurando — disse o recepcionista, ainda desconfiado de Benjamim.

— Estou fazendo um trabalho aqui sigiloso, pois é uma investigação para uma matéria especial que vamos publicar; por isso, caso alguém tente entrar na sala, você me avisa? — falou Benjamim, estendendo uma nota de 10 reais para o atendente que, ao ver a quantia que o jornalista lhe ofereceu, começou a rir e disse:

— Guarda seu dinheiro... Vai lá que eu te aviso se alguém tentar entrar.

— Obrigado!

Benjamim então entrou na sala, ainda com a mente divagando, e foi direto para a parede onde tinha visto a pegada, mas, para sua infelicidade, ela tinha sido removida. Contudo, ele sabia qual livro tinha caído no chão; olhou para ele, calculou a distância e acabou encontrando o lugar exato onde se encontrava a pegada sangrenta.

Assim, ele avaliou o local e, depois de alguns minutos, não conseguiu encontrar alguma alavanca que pudesse fazer a parede se mover.

No entanto, sentado em uma cadeira enquanto lia um livro que estava aberto sobre a mesa, o jornalista Mendonça Filho falou-lhe com a voz baixa:

— Mas que jovem esperto... Voltou sozinho à cena do crime para investigar melhor os fatos. Olha à esquerda. Está vendo este livro inclinado? Empurre-o, que a parede se abrirá — jogou as palavras ao vento, com o intuito de incutir a ideia na mente de Benjamim.

Após ficar viajando em todos aqueles títulos e capas de obras, Benjamim teve a ideia "genial", inspirada por Mendonça, de empurrar o único livro que estava inclinado um pouco para fora da estante. Desta maneira, a parede, impressionantemente, começou a deslizar para o lado deixando um pequeno espaço aberto.

Quando percebeu que era uma passagem secreta – feita de madeira, mas pintada de branco para dar a impressão de que era a continuidade da parede –, Benjamim ficou atônito com a situação. "Aonde esta entrada levará? Será que o assassino passou por esta porta depois que matou a vítima?", pensou o jovem jornalista.

Assim, sem mais delongas, colocou a cabeça dentro do espaço aberto e percebeu que estava escuro demais. Por isso, pegou o celular e iluminou o local. Para sua surpresa e espanto, um corredor com um tapete vermelho surgiu à sua frente.

Na parede, havia dezenas de quadros e espadas em pares cruzados. Os quadros eram de todos os membros que tinham passado pela Academia de Letras; já as espadas eram relíquias da Guerra do Paraguai.

Então, ainda assustado e com os nervos à flor da pele, o jornalista foi lentamente caminhando pelo corredor que parecia nunca acabar, até que avistou um gigantesco Templo Maçônico. Ele ficou bestificado com a arquitetura do local. O templo não tinha janelas e a entrada era voltada para o ocidente, onde a pintura era mais escura. Já no outro extremo, o oriente era mais luminoso. Nessa área ficava um altar.

Nas paredes, havia 12 colunas sustentando a abóbada celeste com inúmeras estrelas desenhadas no teto. Além disso, era possível ver uma corda com 81 nós e outros símbolos macabros – como pedras brutas e polidas – que deixaram Benjamim impressionado, tal a profusão de detalhes.

Já no centro do templo, sobre o chão, havia um enorme tapete preto com desenhos dourados, que pareciam ser de um compasso aberto sobre um esquadro com a letra "G" ao centro. Acima do compasso, havia uma pirâmide com um olho no meio irradiando em volta fios dourados de glória.

Com o pensamento acelerado, ele começou a imaginar o tamanho da encrenca em que acabara de se meter: "Foi um fratricídio, dois irmãos maçônicos envolvidos. Pelo jeito, a Maçonaria vai tentar abafar o crime. Será que o delegado de polícia está envolvido nisso? Eu acho que estou correndo risco de morte... O que eu faço agora, meu Deus?". Essas frases foram abalando o estado psicológico do jornalista, que já estava em total desespero dentro do templo.

Contudo, mesmo muito ansioso e com o coração acelerado, ele ainda teve a coragem de vasculhar o local atrás de pistas que pudessem esclarecer os fatos. Ao chegar próximo do altar, Benjamim avistou um pequeno bloco de notas, que mais parecia ser um diário, caído embaixo de uma poltrona almofadada. Esta estava posicionada em direção de um colossal quadro, que ficava atrás do altar.

O quadro era a imagem de um homem tentando suster a abóbada celeste, como se estivesse segurando o próprio universo. Fixado ao quadro havia um sol, irradiando raios solares; um círculo, com uma lua crescente dentro; um triângulo, com um olho dentro; e uma estrela maior, com a letra "G" destacada em cor prata.

Então, o jornalista pegou o pequeno diário e logo viu as iniciais marcadas na capa: E.M.L.M. Quando começou a ler as páginas, logo descobriu que se tratava do diário do advogado Mahon.

Estou quase desvendando o mistério centenário que advém das pesquisas feitas por Barão de Melgaço, guardado a sete chaves pela Maçonaria. Após meses pesquisando as anotações que ele fez quando percorria o trajeto do rio Paraguai, cheguei à conclusão de que este segredo está correlacionado a acontecimentos astrofísicos descritos pelo próprio Barão. Em uma das suas viagens, ele se deparou com luzes incandescentes que invadiram a atmosfera terrestre, vindo a atingir uma região próxima da cidade de Assunção. O fato está descrito na página 13 do Diário do Reconhecimento. Em 5 de julho de 1846, a bordo da barca-canhoneira Dezoito de Julho, que seguia para o Paraguai, acompanhada da embarcação Vinte e Três de Fevereiro, ele observou um fenômeno incomum nos céus. Na expedição das canhoneiras de Cuiabá para a cidade de Assunção, o capitão de fragata Augusto Leverger observou um extraordinário fenômeno meteorológico...

Antes de continuar a ler, Benjamim se lembrou dos diários do Barão que estavam em cima da mesa quando a vítima foi encontrada. Assim, ele saiu do templo e percebeu que os livros já tinham sido guardados em outros lugares.

Porém, lembrou-se também de que tinha registrado os nomes em seu bloquinho de notas, bem como as letras que apontavam o local exato onde eles ficavam. Então, ele foi procurar o livro descrito no diário de Mahon. Ao abri-lo na página 13, logo conseguiu ler o relato feito pelo próprio Barão de Melgaço a respeito da aparição das luzes brilhantes no céu:

Observei esta noite um fenômeno como nunca antes vira. Às 05h57, estando o céu perfeitamente limpo, calmo, termômetro a 15° C, um globo luminoso com instantânea rapidez descreveu uma curva como de 30°, ao rumo de NNO. A direção fazia com o horizonte ângulos de, aproximadamente, 75° e 105°, o agudo aberto pelo lado oeste. Deixou subsistir uma faixa de luz de 5° ou 6° de comprimento e 30° a 35° de largura, na qual se distinguiam três corpos cujo brilho era muito mais vivo que o da faixa, e igualava, se não excedia, em intensidade, ao da lua cheia em tempo claro. Estavam superpostos e separados uns dos outros. O do meio tinha a aparência quase circular; o inferior parecia um segmento de círculo de 120° com os raios extremos quebrados; a forma que apresentava o de cima era de um quadrilátero irregular; a maior dimensão dos discos seria de 20 a 25°. Enfim, acima deles, via-se uma lista de luz muito fraca em forma de zigue-zague como de 3° de largura e 5° ou 6° de comprimento. A altura angular da faixa grande sobre o horizonte parecia de 8° (receoso de perder alguma circunstância do fenômeno, não recorri ao instrumento para medir essas dimensões). Foi tudo abaixando com não maior velocidade aparente do que os astros no seu ocaso, porém os globos luminosos mudaram de aspecto tomando a forma elíptica cada vez mais achatada, e embaciando até parecerem pequenas nuvens. A faixa grande inclinou-se para N até ficar quase horizontal, mas o zigue-zague sempre conservou a mesma direção. Depois de 25' tudo desapareceu, e não houve o mais leve sinal de perturbação na atmosfera. Na cidade de Assunção, conversei com o ministro do Brasil e diversas outras pessoas que testemunharam esta, para nós todos, singular aparição. Uma circunstância que me pareceu muito digna de notar-se é a direção em que o dito Ministro observara o fenômeno não houve engano, pois referia a observação a um muro cujo azimute era fácil de verificar, e esta direção era proximamente de ONO, fazendo, portanto, um ângulo de 45° com a de NNO, que eu notara. Submeti ao cálculo trigonométrico esta enorme paralaxe combinada com as posições geográficas de Assunção e do lugar onde eu observei, e achei que o fenômeno deveria verificar-se na região atmosférica e tão somente a 59 léguas de distância de Assunção.

Após ler o relato do *Diário de Reconhecimento* de Melgaço, Benjamim começou a ficar fascinado pela história, porém sua preocupação com as pessoas que estavam envolvidas com o fato ainda lhe atacava o coração com batidas de ansiedade.

Ele então tentou se acalmar e consultou o relógio para saber quanto tempo ainda tinha para ficar ali, lendo os diários de Melgaço, bem como o de Mahon. Alguém poderia entrar pela porta localizada em outra extremidade do templo, ou o recepcionista poderia alertá-lo se alguém entrasse na sala da biblioteca, por isso ele não tinha muito tempo para terminar a leitura. Além disso, Ribeiro não tinha como retirar os diários de lá. Caso o fizesse, poderia ser até acusado pela autoria do crime, pois o poder da Maçonaria se estendia por todos os setores do Estado: Executivo, Judiciário, Legislativo e até mesmo dentro da Igreja. Entretanto, Benjamim tinha que levar alguma informação nova para Haroldo publicar. Então, rapidamente, voltou a ler o diário de Mahon:

Depois desse acontecimento, o Barão esteve no local com uma expedição e teria encontrado apenas uma caixa feita de um tipo de metal que, segundo ele, ainda não tinha sido descoberto em nenhum lugar do planeta. Um material inquebrantável, que refletia a luz do sol ao ponto de ninguém conseguir olhar diretamente para a caixa durante o dia. Ela foi localizada dentro de uma caverna, cerca de três metros de distância de onde uma espécie de nave extraterrestre teria pousado, pois, de acordo com os relatos de Melgaço, no local, ainda era possível ver os sinais geométricos deixados na vegetação. Os sinais juntos formavam uma grande espiral, na qual se podia perceber a sequência de Fibonacci, através da composição de quadrados com arestas de medidas proporcionais aos elementos da sequência, por exemplo: 1, 1, 2, 3, 5, 8, 13... , tendentes à razão áurea. Este mesmo tipo de espiral também pode ser percebido nas conchas dos caracóis, nas digitais humanas, nos átomos das moléculas e nas formas das galáxias. Enfim, essas descobertas levaram o Barão de Melgaço a pensar que alguma força inteligente, vinda de outro planeta, teria deixado aquela caixa ali, de propósito, para os seres humanos descobrirem o segredo cósmico da vida, o que, depois que conseguiram abrir a caixa, efetivamente aconteceu. Desta forma, segundo os relatos de Melgaço, a caixa foi trazida a Cuiabá e aberta diante do conselho maçônico da cidade, que, desde então, passou a guardar esse segredo com todo o poder que a Maçonaria dispunha, à época.

Ao ler as primeiras páginas do diário de Mahon, Benjamim Ribeiro sentiu como se fizesse parte de uma história de ficção científica, daquelas em que o protagonista começa a descobrir coisas que, aparentemente, parecem irreais, mas que têm uma coerência existencial.

No entanto, um calafrio e um medo repentino o trouxeram à tona da realidade. Na verdade, o espectro do jornalista Mendonça Filho tinha atravessado o corpo de Benjamim com o intuito de alertá-lo que alguns indivíduos estavam prestes a entrar no templo.

Depois disso, após alguns segundos, uma luz se acendeu lá, quase no fim do corredor onde Benjamim estava, impedindo-o de sair. Então, rapidamente, o jornalista correu para dentro e se escondeu debaixo das poltronas enfileiradas.

Em seguida, três homens encapuzados com capas pretas e vestidos também de ternos pretos percorreram o corredor, cada qual com uma vela na mão, e permaneceram no centro do templo em silêncio.

Benjamim estava deitado no chão com o diário nas mãos suando frio de tanto medo, pois, se fosse descoberto ali, poderia acabar no IML, tal qual Mahon.

Após alguns minutos de silêncio, o jornalista ouviu um dos homens, que estava no centro do templo, falar aos outros:

— Onde foi parar o diário dele? Esse diário, em hipótese alguma, pode cair em mãos erradas. Agora, por enquanto, o segredo está a salvo, pois, além do nosso Grão-Mestre, somente ele, o rebelde, tinha descoberto o segredo, o que resultou na sua morte precoce – uma perda lastimável para a irmandade.

No passado, outras pessoas que descobriram o segredo ou estavam perto de descobrir também acabaram morrendo, pois esta é lei do universo: quem não estiver preparado para entendê-lo, acabará perdendo a vida. Porém, há outros rebeldes, membros da Academia de Letras, que precisam ser eliminados o quanto antes, já que receberam as cartas do irmão Mahon contando que o segredo existe. E, por causa disso, queriam abandonar a Maçonaria, pois, conforme suas ideias enviesadas, foram privados por todo esse tempo da revelação. Eu mesmo li o diário e marquei os nomes neste cartão. Contudo, precisamos descobrir o paradeiro do diário antes desses rebeldes serem descartados. Caso não acatemos as ordens da autoridade maior dessa irmandade – o mui venerável Grão-Mestre –, sabemos muito bem que seremos ofuscados pela mão maior do Grande Arquiteto do Universo. Por isso, não podemos perder tempo. Eu mesmo vou investigar o paradeiro do diário e vocês dois, aprendizes, tratem de seguir o plano para executar os outros rebeldes, de maneira que ninguém desconfie de nada.

Após planejar a morte dos outros rebeldes, os três maçons saíram pela porta dos fundos, que ficava na outra extremidade do templo. Contudo, a porta falsa, da sala da biblioteca da Casa Barão, tinha sido fechada e não havia mais nenhuma saída.

Percebendo isso, Benjamim entrou em desespero, pois sabia que seria morto se fosse encontrado dentro do templo. Não obstante, ele estava com o diário nas mãos e precisava deixá-lo no mesmo lugar em que o encontrou.

Do outro lado da porta, encontrava-se o fantasma de Mendonça Filho, lembrando-se da cena – de quando foi assassinado pelo clã maçônico. À época, eles descobriram que o jornalista estava investigando o assassinato de um Grão-Mestre, que tinha o dever de não deixar que o segredo fosse revelado, pois poderia ser usado para interesses escusos, movidos pela cobiça nociva dos homens possuídos por forças maléficas, o que, de fato, depois da sua morte, aconteceu.

Assim, mais uma vez, ele começou a influenciar as ideias de Benjamim Ribeiro:

— Mantenha-se calmo! Você pode pegá-los antes que eles o peguem. Basta ser esperto. Abra o diário e anote todos os nomes que receberam as cartas de Mahon. Depois, ponha o diário exatamente onde você o encontrou, pois assim eles pensarão que, desde a última reunião, ele sempre esteve lá, dentro do templo, já que o mesmo, pela presunção deles, só tinha caído próximo à poltrona e alguém, sem perceber, o chutou para debaixo dela, na ocasião. Assim, quando você sair daí de dentro, avise as autoridades competentes, bem como cada vítima, que eles têm um plano para assassiná-las. Agora, resta saber quem estes fundamentalistas alienados tentarão assassinar primeiro, pois só assim a polícia poderá detê-los e, logo, pegá-los.

Ainda desesperado com tal situação, Ribeiro começou a racionalizar as ideias. Inspirado pela influência mental de Mendonça, ele folheou o diário de Mahon rapidamente até encontrar a página onde constavam os nomes das pessoas que receberiam suas cartas:

Hoje, pela manhã, resolvi libertar os meus queridos irmãos das garras do GrãoMestre e revelar a eles a existência do segredo. Não é justo que, depois de todos esses anos de devoção e companheirismo, fôssemos privados de conhecê-lo. Por isso, estou enviando 12 cartas aos irmãos (que também fazem parte da Academia Matogrossense de Letras) que, por possuírem incontestavelmente um notório saber da Língua Portuguesa, têm o direito sagrado de se inteirar dos fatos acerca desse segredo cósmico, bem como a oportunidade de, assim como eu, de fato, um dia, conhecê-lo, pois adveio diretamente do topo da Escada de Jacó até chegar às mãos do saudoso Barão de Melgaço. Porém, não se sabe por qual motivo: egoísmo, ganância e soberba intelectual, o Grão-Mestre atual diz não poder, de maneira nenhuma, compartilhá-lo com a comunidade maçônica.

Era o que diziam as letras miúdas e acadianas de Mahon no diário.

Após ler esta página, Benjamim acelerou a leitura, passando o indicador pelas linhas até chegar à lista dos nomes que, de acordo com a narrativa de Mahon, receberiam as cartas e, conforme a data, já deveriam ter recebido tais correspondências revelando isto e, portanto, já estavam correndo o risco de serem mortos pelo clã maçônico.

Este clã, a partir de então, atuava como soldados e espiões dispostos a tudo para manter oculto o segredo sob a tutela do Mui Venerável Grão-Mestre.

Assim, Benjamim anotou os nomes dos maçons acadêmicos e, além disso, tirou inúmeras fotos do dicionário e do templo. Contudo, o desespero – de não saber como sair de lá – era, naquele momento, o seu maior inimigo.

De repente, sem explicação nenhuma, uma vela se acendeu próxima à porta falsa que dava acesso à biblioteca da Casa Barão. O jornalista levou um susto, pois achou que eram os maçons que tinham voltado ao templo, porém, como não havia absolutamente nada no local, ele começou a ficar paranoico.

Ainda tremendo muito e sem um pingo de sangue no rosto, Benjamim percebeu que o castiçal que segurava as velas, sendo que então uma estava acesa, poderia ser movido. Desta forma, puxou-o para baixo, o que fez que a porta se afastasse, deixando uma passagem livre.

Antes de ir embora, porém, Ribeiro foi até a poltrona onde tinha encontrado o diário e o deixou debaixo dela. Logo em seguida, correu pelo corredor, saiu para a sala da biblioteca e empurrou novamente o livro que estava inclinado, o que fez com que a porta voltasse ao mesmo lugar. Depois, guardou o diário de Melgaço no lugar onde estava e, um pouco mais aliviado, saiu da Casa Barão.

No momento em que viu a luz do sol, respirou fundo e sentiu o ar puro entrando em seus pulmões. Olhou para o relógio novamente e percebeu que já eram quase 14h00; ele não tinha passado nenhuma informação nova ao editor e nem almoçado, pois o restaurante popular que frequentava já deveria estar fechado. Desta forma, com muita ansiedade, medo e fome, entrou no carro e foi embora para a redação.

Capítulo III

A Lista Negra dos Maçons

Dirigindo o Fusca a caminho do jornal, Benjamim começou a imaginar o que as pessoas iriam pensar sobre aqueles fatos ainda não prováveis. Ele não tinha nenhuma fonte que pudesse confirmar alguma coisa. Só tinha as fotos do diário e os nomes das pessoas que poderiam ser assassinadas. Também tinha medo de procurar o delegado de polícia, pois ele poderia ser mais um membro da Maçonaria.

"Mas e o editor, o que ele diria sobre essa história quase fantasiosa? Quem acreditaria que, cerca de um século e meio atrás, um marinheiro geógrafo como Melgaço encontraria uma caixa metálica espelhada advinda do espaço?", pensou ele. Era uma história pouco provável e inacreditável, mas ele tinha que, de alguma forma, avisar as possíveis vítimas da absurda conspiração maçônica.

A pergunta que não queria se calar em sua mente era: "Como fazer isso sem ser descoberto? Ou pior: se eu abrir a boca, passarei a ser perseguido por esses maçons lunáticos pelo resto da vida!".

Para não enlouquecer de vez, Benjamim procurou concatenar as ideias, todavia todos os caminhos, naquele momento, o colocavam em condições de se tornar o alvo de uma possível caçada interminável. Desta forma, pensou em sua única filha: "E se eu morrer, quem irá sustentá-la e educá-la?".

Sua ex-esposa tinha boas condições de vida, porém não tinha o mais importante: estabilidade emocional suficiente para orientar a criação da filha; ao menos, assim ele imaginava.

Perdido em seus pensamentos conspiratórios, Benjamim não tinha a percepção mediúnica para notar que o fantasma do jornalista Mendonça Filho estava ao seu lado, sentado no banco do passageiro, olhando fixamente para ele.

— Menino inteligente você é. Basta confiar em sua intuição. Nem todas as pessoas do Estado estão envolvidas com esse clã fundamentalista da Maçonaria. No momento certo, alguém irá te ajudar. Vá com calma, meu garoto! Pense que muitas vidas estão em jogo e, por isso, você não pode revelar esses fatos agora, sem provas consistentes. Siga o fluxo da investigação e o quebra-cabeça de pistas começará a ter dar peças-chaves para sair desse labirinto, aparentemente, neste momento, intransponível — bradou a voz da consciência jornalística na mente do jovem.

Ainda eufórico, Ribeiro chegou à redação e alguns colegas seus o olharam com aquela cara cínica de sempre. "Dessa vez, ele não vai conseguir entregar a matéria antes de fechar a edição", pensou um veterano, que duvidava da sua capacidade jornalística.

Já outros estavam preocupados com a apreensão nítida na face de Ribeiro, pois todos os dias ele chegava fazendo brincadeiras e ouvindo música no fone de ouvido. Porém, naquele dia atípico, o repórter estava muito sério e num profundo silêncio, o que causou um suspense impaciente no ar da redação.

Antes mesmo de se sentar em sua mesa, assim que Haroldo o viu, já gritou:

— Ribeiro! Venha aqui, por favor! — o editor disse isso já lendo um *site* de notícias *on-line* que publicava matérias antes mesmo de serem totalmente apuradas.

— Diga, Pinto, o que foi? — Ribeiro disse as palavras como se esperasse alguma coisa que pudesse trazer um alívio imediato para aquele peso enorme em suas costas.

— Vossa Excelência está esperando o quê para fechar a matéria? — Pinto usou o pronome de tratamento num tom de ironia. — O caso já foi quase encerrado, o delegado Boa Morte já deu uma coletiva há uma hora alegando que os suspeitos foram presos e estão prestando depoimentos.

— Não acredito! Isso não é possível! Os fatos são muito mais complexos do que isso. Na verdade, precisarei de meia hora do seu tempo para lhe contar tudo o que está acontecendo. Tem gente correndo risco de morte, inclusive este repórter que vos fala — balbuciou Benjamim de maneira seríssima, a ponto de fazer Haroldo Pinto baixar os óculos até a ponta do nariz e dizer:

— Sou todo ouvidos. Pode me contar, mas, se for mais uma conspiração da sua mente louca, igual à daquela vez – dos usuários de drogas que teriam sido metralhados por filhos de desembargadores, que você não me apresentou nenhuma fonte ou uma prova sequer –, mandar-te-ei para o olho da rua, hoje mesmo! — ameaçou Pinto, mais sério do que Ribeiro.

Então, Benjamim respirou fundo novamente e tirou do bolso as anotações, o celular e começou a narrar tudo o que tinha acontecido. Enfim, depois de quase 20 minutos de uma história que mais parecia um filme do 007, ele terminou e entregou a lista dos acadêmicos que seriam eliminados pelo clã da Maçonaria.

O editor Pinto ficou paralisado, de boca aberta, olhando para Benjamim sem dizer uma palavra sequer. Após alguns segundos de estagnação neurótica, Haroldo fechou os olhos e começou a rir, a ponto de quase ter um infarto e, aos poucos, foi melhorando e recobrando a lucidez. Então, disse:

— Você, por acaso, tomou alguma droga alucinógena a caminho da Casa Barão de Melgaço? Pelo amor de Deus! Você acha que vou acreditar nessa história sem pé e sem cabeça? Para começar, não é segredo para ninguém que, ao lado da Academia de Letras, existe uma loja maçônica. E outra: como é que você vai confrontar as informações repassadas pelo delegado? E se essa lista for falsa, um tipo de brincadeira de mau gosto? O que os nossos leitores vão pensar dessa "barrigada" sua? Vão achar que tem um louco aqui escrevendo matérias — disse Pinto, totalmente desacreditado da versão contada por Ribeiro.

Entretanto, no momento em que Haroldo já estava se preparando para enviar Benjamim aos Recursos Humanos (RH) da empresa com o intuito de mandá-lo procurar um médico para se tratar, o seu telefone (de emergência) tocou:

— Alô! É você, Haroldo? Outro maçom acaba de morrer. A vítima se preparava para fazer um discurso na tribuna do Parlamento Estadual, mas, antes mesmo de proferir as primeiras palavras, começou a vomitar sangue, caiu no chão rolando e morreu. Dessa vez, foi o deputado José Paes de Barros que, segundo informações preliminares, teria sido envenenado ao ingerir o cafezinho da tarde — disse a fonte para Pinto.

— Nossa Senhora de Guadalupe! Hoje, o dia está sendo infernal! Ok! Já estamos enviando uma equipe aí. Obrigado pelas informações. Antes que eu me esqueça! Aquele assunto nosso já está resolvido. Pode ficar tranquilo. Ok? Qualquer fato novo que ocorrer me avise.

Haroldo desligou o telefone com uma das pálpebras piscando. E, quando isso acontecia, era porque ele estava com medo de tudo o que poderia acontecer, pela imprevisibilidade dos fatos que teriam de ser apurados.

Segurando a lista de Benjamim tremendo, como se fosse o atestado de óbito das vítimas, ele circulou o nome do deputado que acabara de morrer e marcou uma cruz ao lado. Olhou para Benjamim com os olhos arregalados, retirou uma garrafinha do bolso cheia de uísque, despejou no café o líquido e, de uma vez só, bebeu a xícara. Há quase um ano ele não bebia no serviço, mas a situação necessitava desse amparo para que se acalmasse, pudesse pensar e, depois, agir. Assim, após alguns minutos, ele começou a bater a ponta do lápis na mesa e a falar:

— Benjamim! Primeiro, desculpe-me por duvidar da sua versão dos fatos. Eu não poderia acreditar em uma loucura dessas. Porém, acabo de receber a informação de que o assassino fez sua segunda vítima hoje. Como você tinha previsto, o nome consta nesta lista. Por isso, não podemos perder tempo. É o nosso dever entregar essa lista às autoridades competentes. Procure o promotor de Justiça Damasceno Costa e Silva. Depois disso, dirija-se ao parlamento, para cobrir a matéria. Anote a nova versão do delegado. Vou levantar o endereço e o telefone de todas as pessoas que constam nesta lista para entrarmos em contato com elas.

— Não sei se esse roteiro de reportagem vai dar certo, pois acho que tem muita gente poderosa envolvida nisso. O que eu faço se der alguma coisa errada? — perguntou Benjamim, com um olhar de desamparo e insegurança.

— Qualquer coisa que acontecer fora do programado, você deve me ligar imediatamente. A prioridade é avisar as vítimas que elas estão correndo risco de serem assassinadas.

Então, o jovem jornalista, temendo por sua vida e com muito medo de não ver a filha novamente, saiu da redação com o coração apertado e cheio de sentimentos que nem ele próprio podia descrever: por um lado, era uma mistura de solidão e desesperança; por outro, de coragem, fé e força. Enfim, ele ia para a guerra sem saber se voltaria ao final do expediente para sua família.

Contudo, no fundo do peito, ainda remanescia a sensação ou a consciência de estar prestes a fazer parte de uma reportagem importante, que poderia mudar sua vida completamente, caso ele conseguisse evitar mais vítimas e descobrisse como desarticular a ação daqueles "maçons fanáticos".

Então, Ribeiro cortou a selva de pedras novamente. Ainda pensativo e comendo outro cachorro-quente, parou no sinal de trânsito. Ao olhar pelo retrovisor, teve a impressão de que estava sendo seguido por um carro preto. Não conseguia ver quem estava dirigindo, pois o vidro era totalmente escuro por conta do *Insulfilm* fumê. Para sair da paranoia, jogou o resto do lanche fora em uma lixeira que estava ao lado do semáforo, virou à esquerda e depois à direita, entrando na avenida Miguel Sutil, mas o veículo continuava seguindo o seu Fusca.

Benjamim sabia que não podia despistar tal carro suspeito, pois seu veículo não tinha potência para isso. Assim, ele começou a imaginar que, se alguém quisesse lhe fazer mal, já teria feito. Então, seguiu em frente em direção do Centro Político Administrativo e foi direto à rua onde estava localizado o Ministério Público Estadual.

Uma vez no local, ele chamou a assessora de imprensa pelo telefone e explicou a situação: que precisava falar com o promotor de Justiça Damasceno Costa e Silva, pois era uma emergência. A assessora Bárbara Medeiros atendeu-o e, diante dos fatos apresentados por Benjamim sobre o outro homicídio, ela disse que falaria com o promotor e que era para Ribeiro aguardar na sala dos jornalistas.

Naquele momento, ele ficou lendo seus *e-mails*. O editor Haroldo já tinha lhe enviado os endereços e os telefones das pessoas que constavam na lista feita por Mahon, que receberiam ou, dependendo de cada caso, já tinham recebido as cartas.

Após alguns minutos, a Bárbara apareceu e disse para Ribeiro acompanhá-la à sala do promotor. Benjamim estava apreensivo e com uma pulga atrás da orelha. Com inúmeras dúvidas martelando em sua cabeça, ele entrou na sala e deu de cara com um homem robusto, que tinha o rosto mais gordo e redondo do que o seu. Olhou para o bigode dele e notou que o promotor tinha acabado de tomar um copo de leite, pois ainda estava sujo de gotículas brancas.

O gigante passou o lenço sobre a boca, desabotoou o paletó, recostando-se na poltrona de couro, enrolou as pontas do bigode e, com aqueles olhos azuis, mirou firmemente bem dentro dos olhos do jornalista, questionando-o:

— O que lhe traz aqui, a esta hora do dia, meu rapaz?

— O senhor já está sabendo da morte do deputado estadual José Paes de Barros, que foi assassinado no começo da tarde desta sexta-feira?

— É claro! Investigadores da Delegacia Especializada de Homicídios e Proteção à Pessoa já estão no local. Creio que o senhor começou a apurar os fatos no local errado. O inquérito policial ainda sequer foi aberto e você está querendo uma informação do Ministério Público? Aqui nós somente fazemos denúncia com base no que foi investigado pela Polícia Civil — disse o promotor, já irritado com "repórteres inexperientes como esse" que, segundo o pensamento dele, ficavam lhe tomando o tempo precioso para encherem com matérias sensacionalistas os factoides.

— E a morte do advogado Mahon? Ele era maçom, assim como o deputado que foi assassinado — questionou Ribeiro, desconfiado da maneira como o promotor dizia as palavras.

O jornalista teve a impressão de que já tinha escutado aquela voz, de modo que tentou conectar os fatos e logo descobriu que estava diante de um provável articulador do plano para defender o tal segredo maçônico.

— Neste momento, não é competência minha investigar se as duas mortes têm alguma correlação. O que consta é que o delegado já tem os prováveis suspeitos do primeiro crime. Além do mais, existem cerca de cinco mil pessoas que são maçons nesta cidade. O deputado que foi assassinado já tinha mais de 30 processos contra ele, nos quais ele estava sendo acusado de ser membro de uma organização criminosa.

— Então, pode ter sido uma queima de arquivo, ou ele poderia estar sabendo de alguma coisa muito importante que o Mahon também devia saber.

Ribeiro estava pressentindo que aquela voz era a mesma do homem encapuzado que passou as recomendações aos aprendizes, lá dentro do templo, no entanto questionou-se: "A voz é muito semelhante, mas como ele conseguiria se deslocar tão rápido pra cá? Será que a cidade de Cuiabá tem túneis, construídos no subsolo, que serviam de atalhos para esses maçons irem de um lugar ao outro? Não! Isso deve ser fruto da minha criatividade sendo manipulada pelo meu medo", e restabeleceu-se no raciocínio.

— Onde você está querendo chegar com essas especulações? Eu já te disse: neste momento, os dois crimes têm linhas de investigações diferentes. Ademais, não sou eu o responsável pela investigação. O delegado Flávio Boa Morte tem dez dias para me enviar o inquérito. Isso se ele não terminar antes, pois o primeiro homicídio já tem dois suspeitos.

Ribeiro já estava quase confiando no promotor Damasceno Costa novamente, pois Haroldo disse que poderia passar a lista para ele, quando surgiu ao seu lado o jornalista Mendonça Filho. Ele, mais uma vez, soprou imagens na mente de Benjamim. Este, ao se lembrar do timbre da voz do promotor, teve plena certeza de que ele era mesmo o homem que procurava o diário de Mahon. Coincidência ou não, naquele momento crucial da conversa, o telefone do promotor tocou e ele atendeu:

— Pode falar! Damasceno na escuta! — e, do outro lado da linha, alguém disse que tinha encontrado algo. — Ok. Tudo bem. Então, vocês encontraram. Menos mal, o trabalho será mais fácil de ser executado. Estou atendendo à imprensa, mais tarde ligo para vocês.

O promotor desligou o telefone e abriu um sorriso largo para Benjamim, que já estava quase desaparecendo dentro da sala, pela pressão que sofria naquele momento.

— Então, como é o seu nome mesmo? Benjamim, não

é? Você tem mais alguma pergunta para mim? Pois estou de saída, daqui a pouco começa uma audiência lá no Fórum — disse o promotor já se levantando e praticamente expulsando Ribeiro da sala.

O jornalista deu graças a Deus por isso acontecer, pois quase revelou que sabia da lista negra dos maçons. Se alguém não interviesse logo, esses homens seriam também assassinados, assim como ocorreu com o advogado Mahon e com o deputado José.

Por outro lado, o promotor de Justiça não desconfiou que Benjamim sabia de alguma coisa. Damasceno pensava que ele não demonstrava qualquer perigo, assim, para impedir o plano de manter o segredo maçônico oculto. Supôs que "o jornalista não apresenta sagacidade investigativa e muito menos inteligência para descobrir o que está de fato acontecendo".

Após abrir a porta para Ribeiro sair, o promotor ligou para a pessoa que tinha chamado antes e disse:

— Está tudo saindo como planejado; a imprensa ainda não ligou os fatos. A próxima vítima está na casa dela neste momento. Descobrimos que, infelizmente, ela leu a carta do rebelde e, por isso, terá que ser morta ainda hoje. Não temos muito tempo para pôr em prática o plano. Então, tenham cautela e moderação para agir minuciosamente do jeito que foi programado. Caso aconteça algum imprevisto, entre em contato comigo ou com os policiais que estão à disposição para fazer a nossa guarda. Tem muito dinheiro envolvido nisso. Caso algo saia errado, todo mundo vai pra cadeia, inclusive eu e o Grão-Mestre.

Benjamim saiu do Ministério Público tendo plena certeza de que o promotor era o arquiteto do mal que estava articulando o plano diabólico – de executar aquelas pessoas inocentes, tudo para proteger o segredo maçônico.

Após ouvir que o promotor tinha encontrado o que procurava, Ribeiro logo sacou que se tratava do diário de Mahon. Ele ficou aliviado, porque os assassinos morderam a isca e ainda não tinham descoberto que alguém entrara no templo e lera o diário da vítima.

Mas algumas questões não saíam da sua mente: "Quem está me seguindo?" ou "Por que os maçons matariam duas pessoas apenas por causa de um segredo tolo?".

Benjamim sabia que deveria haver algo mais pavoroso por trás dessas mortes, já que o promotor disse que o deputado estava envolvido com corrupção e, além disso, Mahon era advogado de várias pessoas de todas as estirpes na cidade, inclusive do próprio José Paes de Barros.

Então, Benjamim começou a imaginar que o segredo era apenas uma metáfora para esconder o que estava de fato se passando. No caso, segundo suas especulações, Mahon teria escrito um diário fantasioso para comunicar, nas entrelinhas, que a organização criminosa estava omitindo informações e até outras coisas mais. Algo deveria ter dado errado e então os membros da Maçonaria se racharam em grupos rivais.

Aquela história de ficção científica de Mahon – do segredo cósmico do Barão de Melgaço – não tinha cabimento nenhum. Com essas dúvidas e ilações sem provas, Ribeiro ligou para o editor e contou que não poderia confiar no promotor, pois o mesmo fazia parte do clã maçônico.

Explicou também que tinha medo de procurar as vítimas, pois elas poderiam ser integrantes de uma organização criminosa, que estaria se autodestruindo por conta de poder, influência política e dinheiro. Além disso, contou ao editor que estava sendo seguido por um automóvel preto.

Por sua vez, Haroldo Pinto disse:

— Faça o seu trabalho! Procure os fatos e relate apenas as informações. Se você acha que o promotor está envolvido nisso, é porque tem mais gente grossa por trás dessas mortes. Então, não arrisque a sua vida. A partir de agora, você só pode agir em nome do jornal para cobrir os fatos que vierem à tona. Vai lá no Parlamento ouvir as pessoas sobre o assassinato do deputado. Tudo o que você descobrir, me diga. Não quero saber o que vai acontecer, mas somente o que aconteceu, pois não temos força e nem influência para peitar essa gente. A lista das pessoas que poderão morrer eu vou enviar, juntamente com um texto anônimo, ao gabinete do governador explicando o que pode acontecer. Então, não se envolva com as fontes e nem faça parte dos fatos; quero somente o factual. Entendeu, Benjamim? Por favor! Não vire notícia!

— Sim, perfeitamente. Vou seguir o fluxo investigativo da matéria. Bom... Se eu ainda estiver vivo até lá, te enviarei as informações complementares ainda hoje.

Capítulo IV

A Virtude do Jornalista

A caminho do Parlamento Estadual, Benjamim notou que o carro preto continuava seguindo-o, pois a placa era a mesma que ele tinha marcado antes de chegar ao Ministério Público. Para checar o número, ele ligou para uma assessora de imprensa da Polícia Civil:

— Olá! Quem fala? — perguntou, com aquela voz cômica que todo mundo do Departamento de Comunicação reconhecia de imediato.

— Benjamim! Você de novo... O que foi dessa vez? Estamos sobrecarregadas hoje. Não me venha com suas suposições malucas, que não tenho mais tempo pra desperdiçar. Da outra vez, quase perdi meu emprego por causa dessas suas investigações misteriosas — falou Dayane Molina, num tom quase dramático.

— Calma, meu anjo! Só solicito, por gentileza, alguns minutos do seu tempo, pois muitas vidas estão em jogo. Quero apenas algumas informações. Não tenho outra pessoa pra me ajudar. Você é a única assessora que pode, neste momento, salvar a pátria e, pela ordem, salvar o meu dia.

— Seja objetivo. Tudo o que a gente está falando aqui, a partir de hoje, começou a ser gravado. Então, não me venha com suas brincadeirinhas.

— Tudo bem. Primeiro, quero que você cheque uma placa pra mim. Estou sendo seguido desde quando comecei a apurar o caso do advogado Mahon. Além disso, gostaria de saber das últimas informações, por parte do delegado Flávio Boa Morte, sobre esse assassinato.

Após anotar o número da placa que Benjamim disse, a assessora de imprensa começou pesquisar no sistema a identificação do veículo e relatou de quem era o automóvel.

— Olha, Benjamim! Não tenho autorização para passar informação de veículos aos jornalistas. O local apropriado para isso é o Departamento de Trânsito do Estado, mas, como se trata de uma investigação, vou lhe informar. Consta aqui no sistema que o veículo é de propriedade do senhor Tobias Guimarães. Também consta no sistema que ele era investigador da Polícia Civil, mas foi expulso por ter assassinado uma pessoa fora do expediente de trabalho, quer dizer, matou uma vítima sem estar agindo dentro do estrito dever legal de policial.

Bom... Com relação às últimas informações sobre o assassinato de Mahon, segundo o delegado Flávio, dois suspeitos acabaram confessando que mataram a vítima, a serviço de outra pessoa, porém eles não revelaram quem é. Segundo o depoimento deles, só vão falar em juízo — disse Dayane, já preocupada com Benjamim, pois sabia que, se o Tobias estivesse seguindo alguém, poderia acontecer alguma coisa, já que, dentro da polícia, ele era tido como um assassino frio e calculista.

Após ouvir tudo o que a assessora disse, Ribeiro entrou em pânico e um presságio passou pela sua cabeça. Esse Tobias pode tê-lo flagrado saindo da Casa Barão, ou o recepcionista acabou confessando que alguém além do delegado esteve na cena do crime investigando os fatos.

Então, indagou-se por que o matador de aluguel ainda não lhe tinha feito algum mal. Conforme suas conjecturas, Tobias deveria estar esperando alguma coisa acontecer para impedi-lo. No caso, ele estava se certificando de que o jornalista não entraria em contato com as próximas vítimas.

Pensando em todas essas premissas, resolveu seguir o roteiro da reportagem e investigar a morte do deputado primeiro e só depois, após despistar o assassino de aluguel, procuraria as pessoas marcadas na lista.

Ele estava apreensivo, já que, a qualquer momento, outras pessoas poderiam morrer. E isso, de certa forma, pesava como uma bola de boliche sobre a sua mente. Então, mais uma vez, visualizou a lista na sua caixa de *e-mails* e, ao ler os nomes, um, ocasionalmente, chamou-lhe a atenção.

Aisha Haddad era o nome que brilhava diante dos olhos de Benjamim. Ele se lembrou de Aisha, pois já tinha feito algumas reportagens sobre ela.

No entanto, para refrescar sua memória, resolveu pesquisar o nome na internet do celular e se recordou. Aisha Haddad era uma juíza de primeira instância que atuava na Vara de Família. Além disso, era escritora e já tinha publicado alguns livros, por isso também possuía uma cadeira na Academia de Letras.

Então, mais uma vez, ele caiu em seus delírios de jornalista e começou a pensar: "Por qual motivo real uma pessoa tão benquista e dedicada ao trabalho estaria envolvida com maçons fanáticos? Por que Mahon teria lhe enviado uma carta? Será que o segredo realmente tinha essa força mística? Ou ela também deveria fazer parte da organização criminosa que há tempos vinha manipulando a vida institucional na cidade de Cuiabá, desde a época em que o Barão de Melgaço trouxe essa 'maldita' caixa para ser analisada pelo conselho maçônico?".

Então, já quase tendo um colapso mental de curiosidade, Benjamim começou a imaginar o que teria dentro da tal caixa espelhada: "Seria um tesouro inestimável? Um cristal que iluminava a mente de quem o visse? Ou era apenas um livro sobre o conhecimento da vida?".

Mesmo usando seu poder de conjecturar e criar uma possível verdade, ele não conseguiu associar as três vertentes que poderiam solucionar o caso.

Ainda ao lado de Ribeiro, Mendonça Filho questionou: "O que, de fato, era o segredo? Qual a importância dele para os maçons? E por que uma organização criminosa estava tentando omiti-lo de outros maçons?".

Benjamim sabia que este segredo relacionava-se a algum tipo de poder, inteligência e riqueza, pois a maioria dos envolvidos era bem-sucedida na vida.

Pensando em tudo isso, ao se deparar com a foto de Aisha, o jornalista levou um grande susto. Ele não sabia explicar, mas já tinha sonhado com aqueles olhos árabes.

Ela parecia uma princesa do Oriente Médio. Os olhos puxados de contornos enegrecidos, os cabelos lisos e negros eram características da musa poética que há tempos vinha lhe inspirando a escrever versos líricos.

O rosto de Aisha era o que Benjamim tinha em mente quando lia os contos narrados por Xerazade ao rei Xariar, contidos no livro *As mil e uma noites*. Sim! Aisha já tinha invadido os seus sonhos mais loucos.

Perdido e divagando em meio às suas criações romanceadas, ele perdeu a noção de tempo e espaço, bem como do que estava fazendo, como se fosse impactado pela presença poética de sua musa literária. Um sentimento de juventude apaixonada começou a crescer no coração de Benjamim, como se ele estivesse prestes a perder o amor de sua vida.

Ele então era o herói que salvaria a princesa das mãos dos carrascos indignos da presença dela. Era Lancelot lutando pela sua amada. Enfim, seus pensamentos tomaram o rumo de um pássaro fascinado perdido num labirinto de ilusão. Foi então que... acabou batendo no carro que estava à sua frente no trânsito.

O barulho trouxe-o à realidade dos fatos complexos e à iminência do perigo que estava correndo. Desceu do Fusca e viu que era uma senhora quem estava dentro do carro no qual ele bateu. Assim, ela abaixou o vidro e disse para o jovem jornalista:

— Esse carro velho e sujo é seu? Pelo jeito, você sequer tem dinheiro para abastecê-lo, quanto mais para pagar um seguro!

A mulher disse isso sem olhar para o rosto de Benjamim. Contudo, na hora em que viu de quem se tratava, pois já tinha lido alguns artigos do jornalista Ribeiro, a conversa mudou de tom.

— Olha, não ocorreu nada, a lataria está perfeita. Foi só um contratempo. O Fusca bateu somente no para-choque. A senhora está bem? Teve algum ferimento? Quer que eu chame os paramédicos?

— Não, meu filho, está tudo bem comigo. Eu não tive nem um arranhão sequer. Não precisa chamar ninguém. Bom... Caso você queira arrumar seu carro, passe nessa mecânica que vou deixar um crédito lá para você. Pode ficar tranquilo, que é por minha conta e custo.

Benjamim sabia que estava errado, mas não havia tempo para esperar a perícia. Além disso, ele não tinha mesmo nenhum dinheiro para arcar com qualquer despesa naquele momento, de modo que pegou o cartão da senhora, pediu desculpas pelos danos e entrou de volta em seu carro.

Naquele momento, percebeu que o veículo preto ainda estava cerca de dois carros atrás dele. Ligou o Fusca e, assim mesmo, com um dos para-choques quase despencando, partiu para o Parlamento.

A imagem de Aisha não saía da sua mente. Como ele poderia deixá-la morrer pelas mãos de um assassino cruel e sanguinário, sem ao menos tentar salvá-la? Para ele, tal omissão era mais do que um crime, era uma desonra para todos os jornalistas que um dia levantaram o estandarte da virtude, que morreram lutando para que toda e qualquer verdade, independentemente das consequências, viesse à tona. Benjamim não sabia, mas o seu conselheiro espiritual, Mendonça Filho, estava lhe incutindo no coração essas ideias virtuosas acerca dos escritores da liberdade:

"O caráter jornalístico deve ser ungido com fogo, ferro e sangue. Buscar a verdade para salvar vidas é a nossa missão existencial. Nenhum tipo de medo, até mesmo o da morte, pode refrear a sede de Justiça do verdadeiro e combativo repórter. Vá em frente, custe o que custar! E desvende esse mistério, Benjamim!", as palavras de Mendonça pulsaram no seu coração.

Com essa força misteriosa brotando no peito, Ribeiro entrou no Parlamento e percebeu que os peritos criminais ainda estavam trabalhando na cena do crime, porém o corpo do deputado Paes de Barros já tinha sido removido.

Então, ele entrevistou as autoridades presentes na sessão e descobriu que o homem, de fato, tinha sido envenenado poucas horas antes.

Segundo o relato de outro parlamentar, o deputado José estava prestes a realizar um discurso na tribuna com o intuito de fazer uma denúncia; contudo, antes mesmo de proferir as primeiras palavras, começou a tossir e a vomitar sangue até desabar no meio do plenário.

Ao jornalista, um assessor do parlamentar disse que a vítima não portava nenhum documento ou carta quando começou a proferir o discurso. Entretanto, Benjamim discretamente pediu ao assessor Carlos Monteiro que o levasse até o gabinete da vítima, pois uma prova poderia identificar os assassinos do deputado.

No entanto, o assessor disse que havia muitos documentos confidencias na sala do parlamentar. Ribeiro argumentou que, caso ele não o deixasse entrar, mais pessoas poderiam ser assassinadas. Diante disso, Carlos resolveu levá-lo ao gabinete da presidência da Assembleia Legislativa de Mato Grosso, pois o deputado José Paes de Barros presidia a Casa de Leis há mais de dois anos.

No local, Benjamim começou a procurar alguma carta que tivesse a caligrafia do advogado Mahon, para saber se a vítima já tinha lido a mensagem maçônica que poderia ser a sua sentença de morte.

Em meio às cópias de vários processos – nos quais o parlamentar era acusado de inúmeros crimes – havia dezenas de bilhetes e apontamentos feitos por Mahon, porém em nenhum deles Ribeiro localizou o que procurava. Então, depois de marcar os números dos processos, já prestes a sair do gabinete, ele ouviu um barulho metálico, como se alguém tivesse empurrado a lixeira que estava atrás da mesa.

Novamente, ele ficou assustado com esses sinais inexplicáveis. Entretanto, não tinha tempo para temer essas situações mediúnicas, pois corria contra o ponteiro do relógio. Havia a matéria que tinha de escrever e enviar ao editor. Além disso, pretendia descobrir onde Aisha Haddad morava. Algo estremecia dentro do seu coração, como se fosse um chamado de socorro.

Ao olhar para dentro da lixeira, viu algumas sacolas plásticas e, mais ao fundo, um envelope vermelho. Então, rapidamente, pegou o papel e retirou de dentro dele a carta que Mahon tinha enviado ao deputado, que também era maçom e membro da Academia de Letras.

A letra acadiana clássica e elegante confirmava indubitavelmente que era a caligrafia do advogado Mahon. A carta completava nitidamente o que o advogado já tinha dito antes em seu diário:

Querido irmão José Paes de Barros!

Saudações de luz para ti! Como o assunto é de suma importância, vou direto ao ponto, para não lhe "matar" de curiosidade. Há décadas que a Maçonaria vem guardando e protegendo um segredo pelas mãos de todos os Grãos-Mestres que passaram pela Grande Loja Maçônica Filhos de Davi. Certamente que você deve estar pensando em algo relacionado aos símbolos da Maçonaria, porém o que está oculto vai além da nossa crença humana. Não obstante, o segredo maçônico pode resolver todos os problemas desta vida, sejam os nossos ou os das pessoas que nunca participaram de uma reunião maçônica. Não posso revelá-lo nesta carta. Mas estou trazendo esta verdade à tona, diante dos irmãos, pois pretendo, juntamente com todos os que estiverem à disposição para este fim, solicitar para que o Mui Venerável Mestre possa fazê-lo.

Benjamim Ribeiro, então, leu a parte em que Mahon narrava a procedência da caixa metálica encontrada pelo Barão de Melgaço e o convite para uma Assembleia Geral na qual todos, se estivessem de acordo, pressionariam o Grão-Mestre para, de uma vez por todas, revelar tal segredo cósmico:

Diante da breve exposição, quero lhe convidar para somar forças com quem lhe anuncia a existência deste divino segredo. Já chegamos a um tempo neste mundo de trevas em que o segredo da luz precisa ser revelado às pessoas de bem. O mundo precisa conhecer o milagre que está escondido naquela caixa espelhada. Não posso descansar em meu leito sabendo que o sofrimento ainda vai continuar oprimindo os espíritos das pessoas deste planeta. Por isso, não me furtarei do dever cívico de defender, na próxima reunião maçônica, que o segredo seja, enfim, definitivamente revelado.

Quase sendo sugado pela mística misteriosa do segredo, o jornalista, ainda com a carta em mãos, já descartando a versão de que todos pertenciam a uma quadrilha criminosa, começou a pensar que ele mesmo estava enfrentando forças ocultas, satânicas ou divinas.

"Será que estou remando contra os preceitos de Deus? Por que esses maçons seriam capazes de assassinar duas pessoas por causa dessa caixa que armazena poderes, riquezas ou milagres? Não! Isso não é racional! Milagres não existem! O advogado Mahon deveria estar despistando algo e omitindo a verdadeira intenção implícita nesta carta: a de reunir os maçons rebeldes para tomar o poder dentro da Maçonaria e assim se apossar de tudo o que lá dentro é escondido, inclusive a tal caixa", racionalizou o jornalista ainda tentando se desvincular da visão maniqueísta maçônica descrita por Mahon.

Ao perceber que Ribeiro estava se perdendo em meio às incertezas da reportagem, Mendonça Filho novamente começou a influenciar seus pensamentos:

"Não se afaste da racionalidade dos fatos. Lembre-se do que Bertrand Russell, o seu filósofo favorito, dizia: 'Quando estiver estudando qualquer tema ou considerando qualquer filosofia, pergunte apenas a si mesmo: quais são os fatos? E qual é a verdade que os fatos sustentam? Nunca se deixe desviar, seja pelo que deseja acreditar ou pelo que acredita que lhe traria benefício se assim fosse acreditado. Observe única e indubitavelmente quais são os fatos'", disse Mendonça, tentando iluminar a mente confusa de Benjamim.

Então, seguindo a sua intuição jornalística, ele começou a relembrar os fatos: "Um advogado tinha sido morto com 13 perfurações na região da nuca. Um deputado foi envenenado, às 13 horas. Ao menos 13 pessoas, incluindo o Mahon, foram marcadas para morrer. Tudo isso ocorrendo em uma sexta-feira, dia 13, de 2013".

Além disso, ele tinha a confirmação de que um promotor de Justiça e um delegado poderiam, provavelmente, estar encobrindo os fatos para tentar omitir o segredo.

Contudo, a consequência disso é que Aisha Haddad, sua musa, estava correndo risco de vida, bem como o resto dos correspondentes de Mahon. Após avaliar as premissas, Ribeiro tomou uma atitude e resolveu procurar o número do telefone e o endereço de Aisha, no *e-mail* enviado pelo editor Haroldo. Ele sabia que não devia se deixar seduzir por Aisha, pois ela também poderia estar envolvida com toda essa trama dos maçons fanáticos.

O telefone da magistrada tocou várias vezes, mas ela não pôde atender. Benjamim, então, decidiu procurar sua residência e tentar impedir que alguma coisa acontecesse, já que ninguém podia prever o que estava por vir.

Ele sabia que, se usasse o Fusca, seria seguido e até poderia ser morto antes mesmo de avisá-la. Ribeiro tinha em mente que ela estaria preocupada e arrumando um jeito de sair da cidade, pois a notícia da morte do advogado Mahon já estava em todos os *sites* de notícias da região. "Mas se Aisha ainda não leu a carta, talvez não saiba do risco que está correndo", pensou ele.

De toda forma, enfrentando seus medos e dando ouvidos à voz da sua consciência jornalística, ou seja, às mensagens mediúnicas de Mendonça, ele abandonou o carro no estacionamento do Parlamento e pegou uma carona com Carlos até a praça Ipiranga, no centro da cidade. Desse ponto, tomou um táxi com destino ao bairro Boa Esperança, localizado ao lado da Universidade Federal de Mato Grosso. Aisha Haddad morava em uma casa localizada na rua 13.

Quando Ribeiro viu a rua, ficou assustado com as inúmeras coincidências numéricas. Enfim, decidiu descer do táxi e caminhar até a casa da juíza. Ele tocou a campainha e ficou esperando a uma distância de um metro da porta de entrada.

De repente, começou a ouvir sussurros abafados, como se alguém estivesse gritando, mas o som não reverberava, pois a pessoa, que queria se manifestar, deveria estar amordaçada. Para ouvir melhor, ele encostou a cabeça à janela de vidro, posicionada ao lado da porta de entrada. O sussurro então foi mais alto por algum tempo e logo silenciou.

Diante disso, Benjamim teve a certeza de que alguma coisa estranha estava acontecendo dentro da residência e resolveu pular o muro lateral. No entanto, quando se preparava para pular dentro da propriedade da juíza, um cachorro da raça Pit Bull começou a latir ininterruptamente.

Sem saber o que fazer, ele rapidamente teve uma ideia maluca. Retirou de dentro da mochila que usava uma barra de chocolate e deu metade para o cachorro comer. Após comer tudo, o animal começou a abanar o rabo. Então, Ribeiro jogou o resto da barra para o outro lado do quintal da juíza.

Enquanto o Pit Bull saía em disparada atrás da barra de chocolate, o jornalista, rapidamente, jogou-se ao chão e logo saiu correndo para dentro da residência pela porta dos fundos. Após abrir a porta da cozinha, sentiu um cheiro forte de gás e escutou os sussurros vindos do quarto.

Na casa, não tinha ninguém além de Aisha, que estava amordaçada e totalmente amarrada em uma cadeira. Ela também estava encapuzada com um saco preto. Quando Benjamim viu a vela acesa, imediatamente apagou-a. Em seguida, correu até a cozinha, fechou a válvula de gás e abriu todas as janelas.

Depois disso, retirou o saco preto do rosto de Aisha, que estava muito machucado. As pernas sangravam. Percebeu que ela estava muito traumatizada. E, quando tirou a mordaça da sua boca e a liberou das cordas, ela começou a chorar e a emitir gritos inaudíveis, vindo logo a desmaiar nos braços de Benjamim.

capítulo V

O Jornalista Herói

Segurando Aisha em seus braços, Benjamim levou-a para o carro dela, que estava na garagem. Ele sabia que tinha que sair de lá imediatamente, caso contrário os assassinos poderiam encontrá-los.

Além disso, o repórter também sabia que, a partir de então, o grupo de maçons fundamentalistas, após descobrirem que a casa não explodira, perceberiam que alguém tinha se intrometido no plano e evitado a morte de uma rebelde.

Realmente, os dois já estavam sendo procurados pelos agentes infiltrados na polícia do Estado. Isso porque Tobias perdera-o de vista e alguém ligou os dois fatos, descobrindo que o jornalista tinha salvado Aisha antes da sua casa pegar fogo.

Benjamim colocou Aisha deitada no banco traseiro e seguiu discretamente pela avenida Fernando Corrêa da Costa. Entretanto, já ao final da avenida, uma *blitz* de policiais tentou pará-lo, pois já deveriam estar a postos com o número da placa do carro da magistrada. Só que, antes mesmo de chegarem perto do veículo, Ribeiro arrancou e fugiu da *blitz*, indo em direção da avenida do CPA.

Já quase chegando perto do jornal *Diário da Capital*, uma viatura começou a desferir tiros de pistolas no vidro traseiro do veículo. Benjamim olhou para trás e percebeu que Aisha ainda estava desmaiada. O carro em que estavam era blindado, pois pertencia ao Poder Judiciário, por isso nenhuma bala chegou de quebrar o vidro.

Os policias ainda atiraram várias vezes, mas não conseguiram acertar os pneus do veículo. Então, Benjamim pulou a calçada e desceu na contramão. Além das viaturas, um helicóptero da polícia também seguia, pelo ar, o veículo. Rapidamente, Ribeiro entrou num estacionamento coberto, saiu em uma rua fechada e percorreu um trecho pelo bairro Alvorada até sair na avenida Miguel Sutil.

Naquele momento, acelerou ainda mais e foi em direção ao Porto da cidade. No rádio, quase todas as estações diziam que uma magistrada tinha sido sequestrada por um bandido, que estava sendo perseguido pela polícia. O jornalista entrou em desespero e, então, teve a certeza de que os agentes iriam pegá-lo. Ele sentiu que não haveria mais saída. Então, teria de entregar Aisha aos seus algozes.

Acabou se lembrando de que a clínica do doutor Serafim Neves ficava naquelas redondezas. Deste modo, abandonou o veículo em uma estrada de chão e, carregando Aisha nas costas, percorreu um matagal fechado até sair na rua que dava acesso à clínica Lar Espírita da Consolação.

Na frente da clínica, o doutor Serafim Neves já estava esperando com uma maca preparada para receber Aisha.

— Olá, meu amigo! Está com problemas? Rápido! Deite-a nesta maca, que vamos examiná-la. Já você... Por favor! Vá para o porão, antes que a polícia chegue aqui! —

Serafim estava agindo como se soubesse de tudo o que tinha acontecido naquele dia com Benjamim.

— Mas, doutor, preciso lhe explicar o que está acontecendo. O senhor é a única pessoa que pode nos ajudar agora. Eu estou sendo perseguido por um grupo da Maçonaria, que está usando o Estado para executar pessoas — falou Ribeiro, quase desfalecendo de cansaço, pois, além de carregar Aisha por um longo trecho em meio a um matagal, encontrava-se num ritmo frenético desde que começou a apurar os fatos da morte de Mahon, ou seja, quase o dia todo a adrenalina lhe saltava pelos poros.

— Calma, meu filho! O teu amigo já me relatou tudo o que vem acontecendo contigo. Não se preocupe, já sei exatamente como proceder daqui pra frente — disse o médico, que também era médium e podia receber mensagens espirituais.

— Mas que amigo? Haroldo ligou para o senhor avisando que eu poderia aparecer?

— Não! Nunca falei com esse tal de Haroldo. Estou me referindo ao jornalista Mendonça Filho. Ele estava o tempo todo te orientando nesta missão.

Benjamim, você foi escolhido para terminar o trabalho que Mendonça começou. Essas pessoas, que se infiltraram na Maçonaria, há um bom tempo vêm desvirtuando os princípios basilares dessa Grande Loja Maçônica. Após o Grão-Mestre deles usurpar o cargo de autoridade maior da Maçonaria no Estado, esse clã constituiu uma quadrilha criminosa que, por sua vez, enriqueceu-se ilicitamente e dominou os poderes de boa parte das instituições do Estado. Desde então, o segredo do Barão de Melgaço passou a ser usado para dar ênfase às forças malignas, que atuavam, sistematicamente, para coordenar, da forma como eles desejavam, essas instituições públicas.

— Mas por que o advogado Mahon queria avisar os membros da Academia de Letras sobre esse segredo? — indagou Benjamim, tentando juntar os fatos para entender todo o contexto da história.

— Quem pode te ajudar a entender isso plenamente é esta paciente. Mas, agora, tenho que examiná-la. Aparentemente, é possível perceber que ela foi violentada, também sofreu várias agressões no rosto e na cabeça. Ela precisa receber um calmante para aliviar os nervos da mente. Enquanto isso, as nossas enfermeiras vão limpá-la.

Acho que ela não teve nenhum osso quebrado, só lesões na região da vagina e do canal do reto, que acabou provocando o sangramento, além dos hematomas no rosto e na cabeça.

Então, o jornalista se afastou da vítima e foi ao porão se esconder. Lá, ele telefonou para o editor Haroldo explicando tudo o que estava acontecendo:

— A polícia teoricamente não pode me prender, pois não cometi nenhum crime. Ninguém oficialmente me identificou ainda, já que eles não sabiam que eu estava dirigindo o carro dela. Apesar disso, os agentes infiltrados na polícia já têm informação de que eu interferi e acabei evitando a morte de uma pessoa marcada para morrer. Eu identifiquei o veículo do rapaz que estava me seguindo. Ele é membro de um grupo de extermínio, que vem atuando no Estado. Preciso pegar a versão da história de Aisha, mas ela está traumatizada e é muito provável que não vá falar nada enquanto não se recuperar do abalo psicológico pelo qual está passando. Os canalhas a estupraram antes de amarrá-la e amordaçá-la com o intuito de explodir a casa com ela lá dentro — gritou Benjamim, já sentindo uma sensação de raiva misturada com orgulho, coragem e medo de perder a vida.

— Parabéns! Você salvou a vida de uma pessoa. Mas saiba que ela é uma fonte. Você está correndo risco de ser morto, porém, antes que isso aconteça, por favor, envieme a matéria.

Não interessa mais o que vai acontecer. Escreve tudo o que ocorreu, até mesmo a sua versão. Precisamos dar publicidade para esses fatos o quanto antes, senão esse grupo criminoso não será desmantelado. Até agora não tenho nenhuma informação se o governador pediu reforço da União para investigar o caso. Além disso, também não se tem a informação de que outra vítima da lista negra dos maçons tenha sido executada. Por isso, vá com calma, Benjamim! Vou enviar ao seu *e-mail* o meu novo número, pois tenho a impressão de que podemos estar sendo monitorados por escutas telefônicas — falou Haroldo Pinto com a voz trêmula, demonstrando uma desesperança que acabou impactando negativamente ainda mais o estado psicológico de Ribeiro.

— Caso o governador também esteja envolvido com esses maçons insanos, não teremos sequer mais nenhuma chance de desarticular essa organização criminosa no Estado. Por isso, precisamos enviar a lista diretamente à Polícia Federal — falou Ribeiro ao editor.

— Eu já fiz isso! Pelo que estou lendo na mídia, todo mundo está caindo na versão do delegado Flávio Boa Morte: de que os crimes não têm correlação. O promotor está dando ênfase à versão dele. Eles estão se programando para encobrir os verdadeiros fatos. Os suspeitos detidos vão ser indiciados por assassinato. Eles foram obrigados a confessar o crime. Ou deve ser que receberam para isso, pois são menores de idade e logo-logo já estarão soltos. O sistema deles é bem eficiente, cada morte será executada de uma maneira diferente para não levantar suspeitas. Todavia, agora que o nome da juíza está na mídia por ter sido sequestrada por um "bandido", é possível que os policiais do bando deles, ao encontrá-la, tentarão executá-la também e dizer que já foi encontrada morta no cativeiro. Por isso, volto a dizer, tome muito cuidado.

Você deve me enviar a matéria o quanto antes, pois temos que jogar os holofotes da imprensa nesse caso. Assim, eles não agirão imediatamente, matando mais pessoas para apagar os rastros dos últimos assassinatos. A juíza será a grande pedra angular que pode fazer desabar esse castelo maçônico das trevas — afirmou Pinto ao telefone.

— Ok. Vou escrever a matéria e, assim que terminar, te envio no *e-mail*. Caso eu saia vivo dessa perseguição, faça-me um favor, aumente o meu salário — brincou Benjamim, sabendo que aquela poderia ser a última vez que sorria na vida. — Mas falando sério, dentro da minha gaveta, eu deixei uma carta para minha filha. Faz tempo que a escrevi. À época, eu estava pensando em me suicidar, por isso tomei a precaução de escrevê-la, a fim de me despedir da única pessoa que amei de fato na vida: minha filha — disse Benjamim, já muito emocionado, ao telefone.

— Tudo bem! Eu entregarei pessoalmente a carta para sua filha, mas não se esqueça de enviar a matéria — Haroldo estava sendo frio, mas, no fundo, ele sabia que a única forma de salvar o seu repórter e as outras pessoas da chacina maçônica seria publicando a matéria na capa do jornal.

Capítulo VI

Alucinação Poética

Ribeiro acendeu um cigarro para aplacar a ansiedade e começar a escrever. Nesse momento, a dona Hercília, mesmo sabendo que não era apropriado alguém consumir álcool naquele local, atendeu ao pedido do jornalista, trazendo-lhe uma garrafa de uísque. Ele precisava aliviar a pressão do dia.

A enfermeira disse-lhe que Aisha ainda estava sedada e que não se levantaria nas próximas horas. Era preciso esperar mais um dia para que melhorasse e então recuperasse a sanidade mental; somente assim poderia relatar a Ribeiro qual era o real motivo para um "bando de maçons lunáticos" querer matá-la.

O jornalista colocou um pouco de uísque no copo e, de uma só vez, bebeu todo o líquido. Fez isso quatro vezes consecutivas até ficar com a cabeça leve e sem aquelas dores intermináveis na região da nuca, com as quais vinha sofrendo. Benjamim sabia que essas dores eram fruto do trabalho contínuo de tentar racionalizar os fatos, já que elas somente começavam quando ele ficava por muito tempo estressado.

Ele acendeu outro cigarro, deu uma tragada profunda e, na escuridão silenciosa do porão, soltou a fumaça branca como se fosse um nevoeiro encobrindo o ambiente. Naquele momento, a silhueta de uma pessoa apareceu na porta. Benjamim sequer teve medo, pois estava pensando como faria para se aproximar de Aisha sem que ela o odiasse por ter descoberto que tinha sido violentada.

Ele já começava a lutar contra esse sentimento de piedade e atração e não conseguia entender por que estava impressionado com tudo o que se relacionava ao mundo de Aisha Haddad.

Então, pensou que ela poderia ser uma feiticeira, que estava há muito tempo invadindo seus sonhos, justamente para que, no mundo fenomênico, Benjamim fosse o libertador das dores que ainda iriam machucar, posteriormente, o seu coração – uma espécie de *déjà vu* poético.

Tentando buscar Aisha nesse labirinto da ilusão, Benjamim fechou os olhos e adormeceu ainda sentado na cadeira, como sempre fazia, e sonhou com sua musa. Ela estava vestida como uma princesa da Pérsia – era Xerazade em pessoa, dançando vagarosamente com gestos delicados e preciosos na frente dele.

Com um lenço vermelho encobrindo o rosto, deixando apenas o semblante dos olhos aparecendo, Aisha levou seu poeta-rei ao vale encantado do amor. Lá, o poeta perdeu a noção de tempo e de espaço.

Depois, ele estava em um deserto perdido segurando Xerazade nos braços, dentro de um lago de águas cristalinas, rodeado por palmeiras e dunas de areia. Era a eternidade da serenidade recíproca de um oásis de paz. Benjamim tinha voltado para o Jardim do Éden, desfrutando da companhia perpétua de Aisha.

No entanto, uma voz o tirou do sonho repentino trazendo-o à realidade grotesca do porão frio e escuro. A silhueta da pessoa se aproximou e Ribeiro percebeu que se tratava do doutor Serafim.

— Ribeiro! Acabo de atender, lá na porta da clínica, dois homens da polícia. Eles disseram que estão à procura da magistrada sequestrada. Além disso, segundo a versão deles, ela foi sequestrada por um bandido de alta periculosidade. Deste modo, eles me mostraram a sua fotografia. Creio que essa foto já deve ter sido compartilhada com todos os policiais da cidade. Porém, aqui você está sob a proteção dos espíritos de luz e, por enquanto, não corre nenhum risco de perder a vida.

— Ok. Eu sabia que isso iria acontecer, mas eles não entraram aqui? — perguntou o jornalista.

— Não entraram! Eu disse que nunca tinha visto a magistrada na minha vida e que aqui era uma clínica para tratamento espiritual de pessoas viciadas em drogas. Porém, eles disseram que, quando estivessem em posse de uma ordem judicial, voltariam para revistar o local — contou o médico.

— Mas diga-me, como está Aisha? Ela vai se recuperar?

— Eu fiz tudo o que um médico pode fazer para aliviar a dor de um paciente. Curar as feridas físicas dela não será nenhum problema; o mais difícil e até irremediável, quem sabe, serão os traumas psicológicos que ela sofreu. Pode ser que ela nunca mais volte a falar na vida, porém pode ser que o inconsciente dela seja inviolável e as dores físicas não lhe tragam problemas psíquicos. Só saberemos isso após Aisha acordar, pois está sob o efeito de um forte sedativo. Ela precisava descansar a mente. Agora, precisamos de tempo para que se recupere desse dia infernal.

— Então, doutor Neves! Tenho que escrever uma matéria sobre tudo o que aconteceu e o que vai acontecer, caso as autoridades não desarticulem esse clã maldito da Maçonaria. Para isso, preciso de um computador aqui no porão. Vou passar a noite escrevendo. Não obstante, por gentileza, fale-me sobre esse espírito que vinha me ajudando a prosseguir na reportagem. Quem ele é na verdade? E por que quis me ajudar? Ele está aqui agora? — perguntou Ribeiro, sem demonstrar qualquer receio pela presença espiritual de alguém no local.

— Sim! Ele está aqui, bem à sua frente. O que eu posso dizer é que ele também era um repórter dedicado a descobrir sempre a verdade, doesse-a-quem-doesse. E, por causa dessa garra destemida, em querer buscar os fatos reais, ele acabou sendo assassinado justamente no momento em que estava desmascarando o clã maléfico da Maçonaria. À época, o Grão-Mestre Giordano Pereira Campos, que atuava a serviço da luz do bem, também chegou de ser assassinado. Mas, antes disso, teve que entregar a caixa espelhada e relevar o segredo do Barão de Melgaço. A partir disso, o número de adeptos do clã maçônico, que usava o poder do segredo para o mal, começou a crescer dentro dessa Loja, o que fez com que a corrupção se generalizasse por todos os cantos da cidade. Ninguém temia mais a lei e nem tinha medo de ser julgado, pois o Judiciário estava tomado por juízes corruptos e parciais ao bando da Maçonaria. O que era virtude se transformou em motivo de desonra, e o que era desonra se transformou em motivo de virtude. A régua maçônica passou a ser motivada por poder, dinheiro e influência política dentro das instituições.

Conforme o que Mendonça está me relatando, desde aquela época até agora, todas as eleições, nesta cidade e até no interior, foram fraudadas pelo grupo político dos maçons. O clã fazia parte da seita nascida dentro dessa Grande Loja. Então, a força maligna se espalhou corrompendo os princípios de honestidade, equidade, equilíbrio e justiça. As velas da liberdade, da igualdade e da fraternidade se apagaram deixando as trevas se propagarem pelo Estado. Os maçons devotos das forças malignas passaram a usar o segredo do Barão de Melgaço para realizar rituais de magia negra, com o intuito de manipular a mente dos jovens aprendizes maçônicos. Com essa visão "demoníaca", eles organizaram uma das quadrilhas mais temidas do Estado, com tentáculos em todos os poderes, até mesmo dentro da Igreja – tudo isso para, indiscriminadamente, proteger os membros dessa Grande Loja Maçônica. Assassinatos, perseguição política, processos parciais e impunidade eram as marcas do poder dos maçons decaídos. Os aprendizes da obra do mal acabaram corrompendo os valores da edificação do bem dentro desses templos — disse Serafim, com um semblante que espelhava o caos, ao relatar a mensagem de Mendonça.

— Mas por que somente agora essa força maligna começou a ser descoberta e combatida? — questionou Ribeiro, ainda muito impressionado com tudo o que o doutor dizia.

— Mendonça está dizendo que a vontade de combater esse câncer destruidor, que corrompeu os órgãos públicos, partiu dos maçons letrados. Eles estudavam a história e sabiam que, no passado, as lojas maçônicas do Estado eram templos onde se celebrava o desenvolvimento intelectual e moral dos irmãos. A honestidade, a verdade, a ética e o senso apurado de justiça coroavam o caminhar solidário dos maçons. Contudo, isso se perdeu com a posse do Grão-Mestre deles que, para chegar ao poder, sujou a alma e as mãos com o sangue dos inocentes. Logo, os maçons letrados, após se reunirem em prol de uma mudança moral dentro do seio fraterno da Maçonaria, começaram a ser perseguidos, culminando até com a morte de alguns — contou Serafim Neves, já visivelmente abalado por todas as informações recebidas do espírito de Mendonça.

— Agora tudo faz sentido! Por isso, Mahon foi brutalmente assassinado com 13 perfurações na região da nuca. O número 13 está ligado ao ritual satânico desses maçons alienados, ou seja, o historiador e advogado Eustáquio Mahon estava tentando fazer uma revolução ética dentro da Maçonaria e, para isso, buscou apoio dos maçons que conheciam toda a história da instituição. Foi por isso que ele começou a pesquisar a procedência do segredo de Barão de Melgaço, pois queria que ele fosse revelado para libertar as pessoas da influência maligna, que vinha oprimindo seus irmãos desde a época em que o jornalista Mendonça Filho descobriu que o Grão-Mestre do bem tinha sido assassinado. Por fim, sempre foi a luta sangrenta entre as forças do bem contra as do mal. Mas ele morreu e parece que o mal está ganhando a guerra. Isso se eu não puder evitar. Por favor! Serafim! Agradeça ao jornalista Mendonça Filho pela parceria e diga-lhe que citarei a reportagem que ele escreveu, pois essa matéria deve estar disponível no *site* do Instituto Histórico e Geográfico do Estado.

Agora, preciso começar a escrever a reportagem, antes que eu me torne também mais um jornalista fantasma tentando reavivar os fatos apagados.

Capítulo VII

A Reportagem Especial

Ribeiro tomou mais um copo de uísque, deu a última tragada no cigarro e apagou-o dentro do copo vazio. Estralou a mãos, ligou o computador e começou a escrever a reportagem que Haroldo pediu:

Após duas pessoas, ligadas à Maçonaria Grande Loja Filhos de Davi, serem assassinadas nesta sexta-feira (13), uma pela manhã, na Casa Barão, e outra no início da tarde, no Parlamento Estadual, a Polícia Civil começou a investigar se os dois casos têm alguma correlação criminal.

Isso porque o historiador e advogado Eustáquio Mahon, que foi assassinado com treze perfurações na região da nuca, bem como o deputado estadual José Paes de Barros, que morreu após ser envenenado, também eram membros da Academia Mato-grossense de Letras.

Antes de morrer, o advogado Mahon deixou escrito um diário, no qual relatava que iria, por meio de cartas, informar 12 pessoas, que também eram ligadas à Maçonaria e detentoras de cadeiras na Academia Mato-grossense de Letras, sobre um clã maçônico que possuiria uma caixa espelhada que contém um segredo secular da Maçonaria.

Desde então, os 12 maçons-acadêmicos que receberam as cartas foram marcados para morrer. A primeira vítima foi o próprio Mahon, que escreveu o diário. A segunda foi o deputado José. Já a terceira sofreu cárcere privado e uma tentativa de homicídio, porém sobreviveu para confirmar os fatos. O nome não será revelado, a fim de preservar a integridade da vítima, que agora é testemunha ocular do crime. Segundo a reportagem do jornalista Mendonça Filho, publicada no dia 7 de abril de 1966 no jornal *A Tribuna do Estado*, a série de assassinatos começou quando um grupo de maçons teria executado o Grão-Mestre da Grande Loja Filhos de Davi, Giordano Pereira Campos, para tomar o poder dentro da Maçonaria, bem como para se apossar do segredo guardado há mais de um século pela instituição. Contudo, o caso foi abafado e o próprio jornalista Mendonça Filho também foi assassinado. Mas, à época dos fatos, suspeitos desconexos com as duas mortes foram incriminados indevidamente e acabaram condenados injustamente em um julgamento marcado por inúmeras irregularidades, conforme apontou, posteriormente, o Conselho Nacional da Magistratura.

Desde então, segundo informações sigilosas que serão comprovadas pelas testemunhas, esse clã da Maçonaria arquitetou uma verdadeira organização criminosa que atuava, juntamente com um grupo de extermínio, para assassinar pessoas, fraudar eleições e manipular julgamentos judiciais, com o intuito de salvaguardar os membros da quadrilha. Para tal objetivo, eles se infiltraram em vários órgãos públicos do Estado.

Até o momento, ainda não se tem informação de quem são todos os membros desse clã e qual o tamanho da sua influência criminosa no Estado.

Por outro lado, as autoridades insistem em dizer que os dois crimes não têm nenhuma relação. Na versão do delegado Flávio Boa Morte, titular da Delegacia Especializada de Homicídio e Proteção à Pessoa (DHPP), os dois suspeitos já confessaram que mataram o advogado Mahon a mando de outra pessoa. Para o delegado, os suspeitos alegaram que o crime se deu porque a vítima se negou a defender a causa do mandante do crime. De acordo com a Polícia Civil, os suspeitos só vão revelar o nome desse mandante em juízo.

Já no caso do envenenamento do deputado José Paes de Barros, segundo o delegado, ele pode ter sofrido uma intoxicação por ter ingerido café estragado. Conforme a posição do delegado, o resultado da perícia vai esclarecer os fatos. Por sua vez, o promotor de Justiça Damasceno Costa e Silva afirmou que confia nas investigações e que aguarda a conclusão dos inquéritos policiais.

Contudo, a lista dos maçons marcados para morrer foi enviada ao governador do Estado, bem como à Polícia Federal.

Então, quase desmaiando de sono em cima do computador, Benjamim concluiu a reportagem e a enviou para Haroldo. Após se certificar de que o texto tinha chegado ao *e-mail* do editor, Ribeiro acabou dormindo em cima do teclado.

De posse da reportagem, Haroldo começou a editá-la. Após revisar o texto e formatá-lo nos padrões para o jornalismo impresso, ele acrescentou, logo após a reportagem, a lista dos maçons marcados para serem assassinados. Colocou os créditos do jornalista Benjamim Ribeiro, bem como as fotos das vítimas assassinadas, além de fotos da Grande Loja Filhos de Davi e do diário de Mahon. Assim, Pinto fechou a edição e, rapidamente, mandou rodar 100 mil exemplares.

Logo pela manhã, os jornais foram distribuídos pela cidade e até no interior do Estado. Todos os órgãos públicos receberam um exemplar, com a matéria de Benjamim destacada na capa. A manchete dizia: "Assassinatos estão ligados à disputa por poder dentro da Maçonaria".

No entanto, o governador do Estado, antes mesmo de a matéria ser publicada, já tinha avisado o Secretário de Segurança Pública sobre os crimes que aconteceram e os que estariam em curso. Desse modo, uma força-tarefa foi designada para monitorar as casas das pessoas citadas na lista do advogado Mahon, o que possibilitou que três homens, incluindo Tobias Guimarães, fossem pegos em flagrante quando tentavam executar parte do grupo dos maçons-acadêmicos.

Os homens presos, então, acabaram confessando que estavam sendo pressionados, pois, segundo a versão deles, receberam muito dinheiro para realizar o "trabalho" de queima de arquivo dos rebeldes.

Relataram ainda que o promotor de Justiça Damasceno

Costa e Silva e o delegado Flávio Boa Morte eram os mentores do grupo e, por sua vez, estavam cumprindo ordens de um Grão-Mestre da Maçonaria.

Além disso, eles também confessaram que havia centenas de pessoas que faziam parte do clã maçônico maléfico na capital, entre eles juízes, servidores, delegados, agentes da polícia, políticos e até alguns padres da Igreja.

Paralelamente ao trabalho de inteligência desencadeada pela Secretaria de Segurança Pública, uma operação da Polícia Federal, batizada de Filhos Bastardos de Salomão, com cerca de 300 agentes, também já estava em curso, porque o clã maçônico já vinha sendo monitorado meses antes de a matéria ser publicada.

A operação resultou no desmantelamento da quadrilha maçônica no Estado e na prisão de 80 pessoas, sendo que outras 60 encontravam-se foragidas.

Na manhã do dia 14, a capital ficou tomada por viaturas e sirenes. Os cuiabanos presenciaram uma mudança no ânimo da cidade, como se uma sombra, que pairava pelo céu há anos, tivesse sido removida. A caça aos vampiros da pátria reavivou as esperanças das pessoas mais antigas da cidade, já acostumadas com tanta corrupção e impunidade. A população, refém de um grupo despótico há décadas, comemorava nas ruas as prisões das figuras tidas como as mais corruptas da história de Mato Grosso. Era visível a mudança no semblante dos jovens, pois sentiam que tinham sido libertados da escravidão institucional imposta pelo clã maçônico por todos aqueles anos.

Muitos dos integrantes do clã maléfico, após as operações serem desencadeadas, foram encontrados mortos em suas residências, pois preferiram se suicidar a terem que enfrentar a prisão.

O delegado Flávio Boa Morte fugiu da cidade em direção à Bolívia, mas foi interceptado por agentes da Polícia Rodoviária Federal, que o encaminharam à cadeia. Já o promotor de Justiça Damasceno Costa e Silva também foi preso, mas ainda assim negou todos os fatos imputados a ele e disse, em depoimento, que iria provar sua inocência.

O Grão-Mestre da Grande Loja Filhos de Davi e desembargador do Tribunal de Justiça Ângelo Anastásia Terranova Cândido foi o último a ser detido e posteriormente liberado, pois já tinha entrado com um *habeas corpus* preventivo junto ao Supremo Tribunal Federal.

Em sua defesa, ele disse que tal segredo era uma fantasia megalomaníaca de Mahon. E que nunca teve contato com os outros citados na operação para agirem em seu nome. Segundo a defesa do desembargador, ele estaria sendo perseguido dentro da Maçonaria para que deixasse o posto, bem como para que se aposentasse da função de desembargador. Isso, segundo ele, por não compactuar com ilicitudes de seus irmãos maçons.

No entanto, várias mulheres, entre as quais até adolescentes, após lerem a reportagem de Benjamim Ribeiro, tomaram coragem e resolveram denunciar à polícia que foram obrigadas a participar de rituais de magia negra durante reuniões dentro do Templo Maçônico presididas pelo desembargador Ângelo Anastásia.

Conforme os depoimentos das mulheres, elas eram cooptadas para fazer sexo com aqueles jovens que iniciavam a vida dentro da Maçonaria como aprendizes. Esses fatos acabaram complicando ainda mais os processos contra o desembargador.

Por conta disso, Ângelo foi expulso da Maçonaria pelo conselho federal da instituição e teve o seu quadro, que estava em destaque dentro da Grande Loja, queimado na frente de toda a comunidade maçônica de Mato Grosso. Além disso, foi cassado do cargo de desembargador do Tribunal de Justiça, porém vai responder por todas as acusações em liberdade.

Por causa do escândalo, a Grande Loja Maçônica Filhos de Davi foi fechada e os seus membros expulsos, inclusive todos os aprendizes que mantiveram contato com o grupo criminoso. Por fim, Ângelo escondeu a caixa espelhada contendo o segredo e acabou fugindo do país. O nome dele foi para a lista dos mais procurados pela Interpol, Cia e FBI.

Capítulo VIII

A Recuperação de Aisha

Quando Benjamim acordou, o doutor Serafim já estava lendo o jornal com um sorriso no rosto.

— É, meu filho, da noite para o dia, você virou herói. Porém, acho que as pessoas não saberão disso, pois, na sua reportagem, não consta o que você sofreu de fato. Penso eu que tem uma pessoa querendo te agradecer muito por você ter salvado a vida dela, mesmo que, no momento, esteja impossibilitada de fazer isso com a voz. Entretanto, um milagre aconteceu e Aisha já acordou. Ela está com outro aspecto. Bom... Mas vá com calma, pois o quadro clínico dela ainda não está estável. Precisa muito do nosso amparo emocional e até espiritual. Ela não disse ainda nenhuma palavra, porém está bem lúcida — afirmou o médico.

— Ok, doutor! Vou terminar de ler os jornais e depois, assim que Aisha estiver mais disposta, tentarei falar com ela. O senhor sabe se a imprensa veio até aqui? — perguntou Benjamim, com receio de que Haroldo tentasse conseguir uma proteção policial para ele e Aisha.

— Não somente a imprensa, mas inúmeros agentes da Polícia Federal e da Polícia Militar, que estão de plantão esperando para transportar a juíza até um hospital particular. O seu editor Haroldo esteve aqui e disse que, por enquanto, você também está sob a proteção da guarda policial do

Estado. Aproveitando a oportunidade, eu fui lá fora e dei uma entrevista aos repórteres, mas não disse nada que comprometesse nem você nem a vida privada de Aisha, porém pedi mais doações para a clínica — contou Serafim, sorridente com todos os acontecimentos das últimas horas.

— Não tem problema. Depois, vou dar uma coletiva aos meus colegas da imprensa e esclarecer toda essa história, de uma vez por todas. Mas continuo achando que o depoimento de Aisha pode contribuir para aumentar a pena daqueles assassinos estupradores, por isso ela precisa ser transferida o quanto antes para algum lugar mais protegido.

— Isso já foi providenciado. Uma desembargadora amiga dela esteve aqui, em companhia do seu editor, e organizou todo o procedimento de transferência.

Então, Benjamim Ribeiro foi para fora da clínica falar com a imprensa. Ele, que antes dessa reportagem era tido como um jornalista sem expressão na comunicação e até, por vezes, não era levado a sério pelos colegas de profissão, pois era apenas um repórter do caderno de polícia de um jornal impresso obsoleto, naquele momento era o centro das atenções, já que sua reportagem derrubou inúmeras matérias, desmistificando as mentiras das autoridades envolvidas.

As pessoas só valorizam quem aparece na televisão informando os fatos já apurados, dando os créditos aos apresentadores, sendo que, no caso, o trabalho mais árduo e louvável partiu do verdadeiro jornalista que, por sua vez, tinha investigado os fatos e até colocado sua própria vida em risco para trazer a verdade à tona.

Por isso, Ribeiro carregava um gostinho de vitória no coração. Mas, mesmo diante de toda a euforia e sentimentos de superação, manteve-se calmo, respondendo às perguntas de forma objetiva e profissional, sem se manifestar num tom sensacionalista e nem parecer egocêntrico.

Quando os repórteres, os fotógrafos e as câmeras perceberam a presença de Ribeiro, logo uma correria se formou em torno dele até que todos os microfones, celulares e gravadores ficaram estáticos. Assim, o jornalista olhou para os colegas e disse:

— Em que posso ser útil?

Antes mesmo de terminar de falar, os repórteres iniciaram um dilúvio de perguntas. Entretanto, Benjamim resolveu fazer um resumo da história para só depois respondê-las.

Após relatar os bastidores da reportagem e informar até que tinha salvado a vida da magistrada Aisha, ele deu a oportunidade para os colegas o questionarem:

— Mas que segredo é esse? Ninguém descobriu ainda o que realmente tinha dentro daquela caixa? — indagou o repórter Gedeão Arruda.

— Eu não descobri ainda o que tem lá dentro, mas sei que o desembargador Ângelo, o arquiteto maior do clã deles, que está foragido, escondeu a caixa antes de conseguir fugir. O problema não era o segredo, mas o que a organização criminosa fez para mantê-lo em sigilo, já que eles praticamente alteraram toda a filosofia da Maçonaria para expandir os tentáculos da quadrilha no Estado.

No entanto, os maçons letrados, que não estavam em conformidade com o pensamento dominante do clã fundamentalista da Maçonaria, começaram a ser perseguidos e até mortos. Diante disso, o advogado Mahon, que fez uma ampla pesquisa da história da Maçonaria, iniciou uma revolução ética, juntamente com os seus colegas maçons da Academia de Letras, para que o segredo fosse revelado. O objetivo dele era, por meio da revelação, tentar quebrar a corrente maligna dentro da Maçonaria e assim moralizar os atos da nova geração de maçons. Por causa disso, o grupo acabou sofrendo tudo o que já foi exaustivamente noticiado.

Na verdade, era uma disputa entre os que queriam resgatar os valores morais históricos da Maçonaria e aqueles que só queriam bens materiais e poder. Contudo, para consegui- -los, o clã dos maçons decaídos acabou se corrompendo e até utilizando forças ocultas com o intuito de manipular a mente dos aprendizes — relatou Ribeiro.

— Quais são as fontes e as provas para sustentar o que você está alegando? — perguntou o repórter Elias Moreira.

— A prova principal é a lista de maçons marcados para morrer e as posteriores prisões em flagrante dos supostos assassinos que, por sua vez, tentaram dar continuidade ao plano diabólico de executar as vítimas; além das cartas que receberam de Mahon. As fontes são as pessoas que sobreviveram e estão prestando depoimento.

A magistrada Aisha Haddad, que quase foi morta pelos assassinos, é uma dessas testemunhas. Apesar de estar ainda abalada emocionalmente, por contas das inúmeras lesões sofridas, ela é mais uma do rol de testemunhas que pode esclarecer o caso.

Após responder a todas as perguntas, Benjamim voltou ao porão da clínica e ficou pensando em como seria o encontro com Aisha depois de tudo o que tinha acontecido.

Ele não sabia de nada, mas Aisha assistira à sua entrevista sobre o caso. Ainda com lágrimas nos olhos, ela agradeceu ao Universo por ter enviado aquele anjo na hora certa para salvá-la, por mais que as marcas em seu corpo a lembrassem da violência sofrida.

De certa forma, Aisha ajudou a desmantelar a quadrilha mais poderosa do Estado de Mato Grosso e, quiçá, do Brasil, por isso já não se sentia uma vítima de toda aquela confusão, mas uma vida que foi usada em função de colaborar para destruir as trevas nesse mundo fenomênico. Seu coração estava cheio de dor, porém confiante e esperançoso de que, a partir de então, tudo fosse diferente. De certa forma, seus sofrimentos não foram em vão, pois libertaram uma cidade inteira das garras destruidoras daquele clã maçônico, que tentou desvirtuar e corromper a verdadeira essência da Maçonaria.

Aisha sabia que o seu testemunho seria de suma importância para, definitivamente, desarticular o grupo criminoso e pôr fim nessa onda de imoralidade pública no Estado. Estava disposta a tudo para, de uma vez por todas, enterrar o passado vil e sujo deixado por aqueles homens repugnantes para assim, algum dia, reconstruir os pilares de *Jachin* e *Boaz* e novamente fazer os reais valores maçônicos reacenderem as luzes da cidade que ela amava.

Capítulo IX

O Encontro

Quando Benjamim entrou no quarto, Aisha ainda estava cheirando as flores que ele tinha colhido de uma árvore de acácia, que estava plantada no jardim do médico Serafim. Ele não sabia, mas aquela árvore e suas flores significavam o perfume de um novo tempo na vida dos dois. Para Aisha, a acácia é sagrada e significa harmonia, paz, clareza, segurança, inocência e pureza de espírito.

Quando ela se virou e viu que Benjamim a estava admirando, logo sentiu, no fundo do coração, que com aquele homem queria passar a eternidade contando histórias de amor. Desta forma, em silêncio, ele se aproximou e, com gestos delicados, suavemente, beijou a mão dela, dizendo:

— Ainda bem que você sobreviveu, pois este mundo escuro não poderia deixar de ver estes olhos graciosos e iluminados. Perdão por não ter evitado o pior; se eu chegasse um pouco antes, teria evitado todo o sofrimento que você está passando agora.

Ribeiro tinha os olhos marejados de lágrimas, porém Aisha fechou os olhos, puxou as mãos dele para perto do seu rosto e as beijou.

— Não estou sofrendo agora, porque me sinto protegida perto de ti. Você salvou a minha vida, agradeço-te por isso. O que aconteceu tinha que acontecer. Eles machucaram o meu corpo, mas a minha alma está liberta e mais leve agora. Não sinto nenhum tipo de remorso ou nojo de mim mesma, pois eu e você estamos vencendo o mal. Agora, podemos edificar uma nova vida e reconstruir tudo o que foi perdido — falou Aisha Haddad, derramando lágrimas pela face.

— Sei que você está muito abalada com tudo isso, mas a guerra ainda não acabou. Precisamos levantar o máximo de provas e testemunhas possíveis para desmantelar completamente esta quadrilha e condenar aqueles monstros que invadiram a sua casa, por isso estou muito preocupado contigo. Seu depoimento será de vital importância para pôr um fim em tudo isso — disse Ribeiro.

— Entendo a sua preocupação, entretanto pode desarmar o seu espírito que, daqui por diante, esses covardes terão que me enfrentar de frente e com as minhas armas jurídicas todas afiadas. Não sei se você sabe, mas, antes de ser juíza, eu era promotora de acusação. Então, não se preocupe que sei muito bem o que fazer! — afirmou Aisha, com um olhar de águia ferida que sabia como atacar os inimigos na hora certa.

Escoltada, ela foi transferida para outro hospital e ainda permaneceu internada por mais uma semana. Todos os dias, Benjamim lá ia passar as tardes. Ele lia para ela, declamava poemas e cantava, sempre tentando deixá-la mais animada. Finalmente, chegou a hora de Aisha lhe contar a verdade sobre o que estava acontecendo dentro da Maçonaria naqueles tempos de trevas:

— Exatamente o que você estava investigando com seu amigo Mendonça. Eu só comecei a participar das reuniões porque o meu ex-marido sempre me chamava. Até pouco tempo atrás, nenhuma mulher poderia conhecer a simbologia dessa Grande Loja Maçônica. Mas, como o trabalho filantrópico ajudava muitas pessoas, eu me interessei pela liturgia filosófica da instituição. Além disso, muitos membros da Academia de Letras eram convidados para ministrar palestras sobre história e literatura aos aprendizes, apresentar e discorrer sobre as obras de escritores e filósofos clássicos, bem como ler as nossas obras autorais.

Enfim, no começou, eu pensava que aquela Grande Loja era uma casa de desenvolvimento intelectual do ser humano. O conhecimento, a virtude e a fé eram o compasso, o esquadro e o nível que construíam, a cada dia, a obra. Fé e ciência pautavam as nossas reuniões — explicou Aisha, interrompendo por instantes a narrativa para tomar o seu remédio. — Ninguém nunca nem tocou no assunto desse segredo. Não obstante, se existiam essas reuniões para falar sobre ele, eram muito sigilosas e secretas, tão secretas que somente o Mui Venerável Mestre e os vigilantes sabiam do assunto. Eu fazia apenas o trabalho de bibliotecária. A minha Joia era simbolizada por um "Livro". Era responsável pela parte cultural da Loja e pelos livros de registros. Em resumo, era um serviço de auxílio ao desenvolvimento cultural dos irmãos, cooperando com o progresso intelectual e moral dos maçons — disse, colocando o copo de água em cima da mesa. — Porém, com o passar dos anos, eu percebi que aquele espírito de fraternidade, pautado pela igualdade entre os irmãos, foi se perdendo, pois, no dia a dia da prática, muitos maçons foram se desvirtuando desses princípios e cometendo ilegalidades no seio da sociedade, ou seja, eles estavam investidos em um cargo que demandava a máxima retidão moral de um ser humano, mas não faziam jus a tal nomenclatura maçônica, pois somente tinham em mente acumular riquezas e poder. E esse exemplo negativo foi influenciando os outros irmãos, a ponto de a hipocrisia legalista se tornar uma marca da ironia escancarada desse clã maçônico — contou a magistrada, ainda meio atordoada pelo efeito do remédio. — Contudo, os maçons letrados começaram a buscar na história da Maçonaria exemplos de irmãos devotados à retidão, no sentido de despertar novamente, dentro dessa Grande Loja, o espírito luminoso, ungido pela virtude e pela Justiça.

Deste modo, o historiador e advogado Eustáquio Mahon começou suas pesquisas sobre o assunto, sempre repassando aos acadêmicos as novas descobertas para que, assim, essas pessoas letradas pudessem contagiar novamente todas as Lojas Maçônicas do Estado, como uma onda ética de moralidade e equidade.

Por algum tempo, o trabalho deu certo e a dignidade que cada cargo demandava, dentro da Maçonaria, começou a renascer — ponderou Aisha. — Porém, quando esse trabalho começou a interferir nos planos escusos daquele clã maçônico já decaído, abriu-se um divisor de águas dentro da Grande Loja Filhos de Davi. Assim, havia os que queriam afastar-se dessas ilicitudes e voltar para os desígnios da Luz e, do outro lado, os que queriam continuar cometendo os atos ilícitos sem serem responsabilizados, pois tinham a proteção do clã, subvertendo com isso os princípios originários da Maçonaria — falou, com voz baixa e calma. — No entanto, o estudo da história revelou que há um século essas forças – da mesma forma que está acontecendo agora – tentaram dominar o norte que a Loja estava tomando, tanto é que seu amigo Mendonça pode ter sido vítima deste mal que veio crescendo dentro da Maçonaria como um câncer que vai se espalhando e necrosando as células boas do corpo social maçônico — relatou Aisha, ainda com a voz fraca e, por algumas vezes, tossindo. — Bom... Voltando ao trabalho de pesquisa de Mahon, ao perceber que isso estava acontecendo, ele quis saber por qual motivo a cúpula maçônica da Grande Loja Filhos de Davi mantinha tantos segredos ocultos, inclusive o segredo místico do Barão de Melgaço, pois ele sabia que, se tudo fosse revelado aos outros irmãos, o encantamento das forças impuras e malignas da Maçonaria se desfaria e assim ninguém seria mais manipulado em função desse poder ou dessa riqueza.

Contudo, sua postura de reivindicar a revelação do segredo para desconstruir o divisor de águas dentro da Maçonaria fez gerar novas perseguições e até assassinatos, por isso os maçons letrados passaram a ser os principais alvos desse clã, pois os irmãos decaídos morriam de medo de serem denunciados por seus atos ilícitos — balbuciou Aisha, concluindo a explanação e demonstrando muito cansaço.

— Não quero te deixar mais aborrecida. Entretanto, só me explique uma coisa e depois pode descansar. Então, a caixa espelhada contendo o segredo que veio do espaço realmente existia? — questionou Benjamim, ainda muito impressionado com a história.

— Existia não, existe! Mahon não informou em suas correspondências do que se tratava: se era uma caixa cheia de pedras preciosas ou se tinha um poder sobrenatural lá dentro. Quando isso ia ser posto às claras, ele acabou sendo assassinado.

Diante disso, Benjamim disse:

— Eu acho que só tem uma pessoa, ou melhor, um espírito que pode nos ajudar a descobrir onde o Grão- - Mestre escondeu a caixa.

o Depoimento

Meses se passaram. Aisha Haddad já estava quase totalmente recuperada. Benjamim ainda a visitava todos os dias. Ele nunca se esquecia de levar algum presente, como livros e flores, pois parecia que os dois não queriam desperdiçar mais nem um minuto sequer da vida deles.

Assim, os dois permaneceram em sintonia, porém Benjamim ainda receava tocá-la, pois sabia que isso poderia acabar trazendo lembranças ruins. No entanto, ela ansiava por esse momento de cumplicidade e carinho entre os dois.

Num dia de céu exuberantemente estrelado, Aisha serviu uma taça de vinho para ele e o chamou até a sacada do seu apartamento. Ela tinha vendido a casa que ficava no Boa Esperança e adquirira um apartamento aconchegante, localizado na saída da cidade, onde podia comtemplar o verde das matas e ouvir o grito das araras, todos os dias, durante o pôr de sol inesquecível de Cuiabá.

Naquele dia especial, ela se sentia restabelecida e sensivelmente confiante na pessoa de Benjamim. Desde quando a pegara nos braços salvando-a da morte, Aisha se entregara a ele de alma e coração, porém queria conhecê-lo ainda mais, tocá-lo e senti-lo como o homem que completou a sua vida.

Ainda olhando para a imensidão do universo infinito de estrelas, ela disse vagarosamente e com a voz relaxada ao pé do ouvido dele:

— Eu sou sua! Não tenha medo de me machucar! Eu também te quero muito...

Então, Benjamim molhou os lábios de vinho e, com a outra mão, envolveu a cintura de Aisha, puxando-a contra seu corpo e, assim, beijou-a docemente nos lábios. Depois de um tempo, disse-lhe:

— Estou esperando por esse instante desde quando sonhei contigo a primeira vez. E isso já faz muito tempo. Minha rainha Xerazade! Quero-te como os beija-flores querem desesperadamente o néctar. Quero-te como um príncipe quer sua amada, que esperou uma vida inteira para encontrá-la. Quero-te como o guerreiro que lutou contra o reinado dos inimigos, salvou sua bela donzela e, agora, tem o prazer de beijá-la. Enfim, quero-te como um andarilho que atravessou o deserto do Saara para molhar apenas os lábios com um pouco de água. Quero saciar minha sede em ti... — declarou-se Benjamim e, levemente, a beijou mais uma vez.

Então, os dois fizeram amor ali mesmo na sacada e permaneceram abraçados a noite inteira olhando as estrelas e recitando poesias um para o outro.

Já pela manhã, Benjamim carregou Aisha até a cama e preparou-lhe um café bem reforçado, pois, dali a pouco, ela teria de prestar o depoimento sobre tudo o que aconteceu no dia em que os assassinos invadiram a sua residência e a violentaram.

Ribeiro sabia que seria muito doloroso para ela, por isso a encorajava a não desistir. Seu depoimento era crucial para condenar os assassinos não só pela morte das vítimas, mas também pelo crime de estupro. Ribeiro queria que a justiça fosse feita em sua total probidade.

Enquanto Aisha se aprontava, Benjamim sentou-se na cama, abriu um livro antigo e leu uma passagem para encorajá-la ainda mais – por ter que se expor diante de um tribunal lotado de pessoas estranhas, que a ouviriam descrever minuciosamente como os estupradores fizeram para amarrá-la, amordaçá-la e, brutalmente, como animais insanos, estuprá-la, rasgando a sua honra, a sua intimidade... Aqueles gestos monstruosos teriam que ser relatados para que a justiça fosse feita.

Acompanhando Benjamim, Aisha Haddad entrou no tribunal no exato momento em que teria de prestar o seu testemunho em juízo. Por sorte, era uma magistrada que estava presidindo o julgamento. Desta forma, ainda muito nervosa e trêmula, transparecendo uma fraqueza inexplicável em seu olhar de mulher delicada e vulnerável, ela começou a balbuciar as primeiras palavras, que mais pareciam facas afiadas rasgando-lhe o coração, a mente e a alma.

— Era por volta das 15h00 do dia 13 de agosto, uma sexta-feira. Eu estava sozinha em casa, pois era meu dia de folga na Vara de Família. Estava lendo um livro na sala, quando três homens armados e encapuzados invadiram a porta da minha casa e me arrastaram para o quarto. Dois deles me obrigaram a deitar na cama à força e seguraram os meus braços, enquanto o terceiro... — tossiu Aisha, derramando lágrimas nos cantos dos olhos. — ...rasgou o meu vestido e se deitou em cima de mim. Então, um deles colocou um revólver na minha boca e ordenou que eu abrisse as pernas.

Mais uma vez, Aisha tossiu soluçando e continuou o relato, ainda chorando:

— O que estava em cima de mim começou a me penetrar rapidamente, como se estivesse tendo relações com um corpo inerte e sem vida, pois era assim que eu me sentia naquele exato momento, como se minha alma tivesse abandonado o meu corpo e só as dores físicas me machucavam e me contorciam por dentro e por fora. E assim... Ele terminou e deixou todo aquele lixo nojento dentro de mim.

Porém, antes que eu pudesse respirar novamente, veio o segundo e, mais uma vez, introduziu o inferno dentro de mim. Ele também, após inúmeras vezes me transformar em uma presa dominada, deixou seu esperma maldito dentro de mim. Contudo, o pior de todos foi o terceiro, pois me viraram de costas e ele me invadiu inúmeras vezes também, arranhando as minhas costas e me sufocando contra o colchão. Por fim, de forma animalesca e vil, ele também deixou a sua marca dentro de mim — Aisha disse isso já com uma voz fria e o semblante amargurado.

Diante do depoimento dela, as mulheres presentes também começaram a chorar. Já a juíza manteve-se firme, prestando atenção nas palavras de Aisha.

Os acusados não estavam na sala, pois a norma jurídica não permite que eles intimidem a vítima com olhares e gestos perturbadores. Desse modo, uma vez registrado o depoimento, a juíza agradeceu à Aisha e liberou-a para se retirar do local.

No momento em que se levantou, ela caminhou sozinha para um ambiente do Fórum e ficou isolada em uma sala, chorando e muito abalada. Benjamim sabia que, naquele momento, não podia fazer nada. Ela precisava ficar sozinha para se recompor novamente.

Ele ficou pacientemente esperando, até que ela saiu da sala e o abraçou. Os dois permaneceram assim, por alguns minutos.

— Você é uma guerreira. Imagine quantas mulheres não tiveram a coragem de fazer o que você fez agora: superar a dor e o inferno para, dessa forma, condenar aqueles crápulas às penas que eles merecem. Meu amor, agora tudo acabou, vamos embora daqui — disse Benjamim, ainda arrependido por ter feito Aisha passar por aquilo. Ele não imaginava que seria assim tão cruel para sua amada ter que narrar as monstruosidades daquela sexta-feira assombrosa.

Capítulo XI

A Revelação do Segredo

No outro dia, Benjamim Ribeiro leu no jornal a matéria da condenação dos três bandidos que tinham assassinado as vítimas e violentado Aisha. Eles pegaram pena máxima e, logo que chegaram ao presídio, foram mortos por outros presidiários que, de certa forma, já conheciam o trabalho digno que a magistrada Aisha Haddad fazia na Vara de Família. Ao ler que eles tinham sido executados, Ribeiro não ficou contente, pois esperava que cumprissem integralmente a pena, em regime fechado. Ele não quis tocar no assunto com Aisha, pois ela fez de conta que o caso já estava definitivamente encerrado.

Dias se passaram e eles já não falavam sobre isso, porém, depois de mais algumas semanas, em uma tarde ensolarada na cidade de Cuiabá, o telefone de Ribeiro tocou e ele atendeu, ouvindo a voz de Serafim do outro lado da linha.

— Olá, Serafim! Algum problema?

— Não! Nenhum problema, muito pelo contrário. Na verdade, eu preciso lhe informar sobre um aviso que o seu amigo Mendonça, antes de fazer a passagem, me deu. Ele me contou onde está escondida a caixa do Barão de Melgaço. Eu fiz um mapa e enviei no seu *e-mail*. Você não vai acreditar, mas, embaixo da cidade de Cuiabá, existe um verdadeiro labirinto de túneis, que dão acesso a diversos lugares. Bom, lá está tudo bem explicado. Antes que eu me esqueça, ele pediu para que você não levasse ninguém até lá, pois, segundo ele, somente você pode abrir a caixa, caso contrário tudo poderá voltar a ser como antes.

— Não se preocupe! Irei até lá sozinho. Eu já tinha me esquecido desse segredo — disse Ribeiro, tentando esconder a incontrolável curiosidade de saber o que tinha dentro da caixa espelhada.

Então, ele imprimiu o mapa, calculou as coordenadas e descobriu que a entrada ficava embaixo do templo maçônico onde tudo começou. Como o mapa explicava detalhadamente as passagens secretas, ele decidiu enfrentar mais essa aventura.

Da mesma forma como entrou da outra vez, ele empurrou o livro inclinado, passou pela passagem secreta, percorreu o corredor, agora em posse de uma lanterna, e foi até o centro do templo.

Lá, olhou para o enorme quadro que estava atrás do altar e percebeu que a corda de 81 nós circundava todo o templo. Ela estava fixa no alto das paredes, junto ao teto, e o nó central ficava sobre o trono, acima do Delta, na parede oriental.

Desta forma, ele foi até lá. Usando o próprio trono, subiu e puxou o nó central. Ao puxar a corda, o quadro que estava à sua frente se deitou para trás, deixando uma passagem aberta.

Então, Benjamim entrou no quadro e logo iluminou uma escada em forma de caracol que levava ao subsolo do templo. Desceu-a com muito cuidado, iluminando cada degrau e, ao pisar no subsolo, enxergou uma espécie de píer sobre um córrego, que, por sua vez, passava pelo meio de várias adutoras gigantescas. O jornalista também percebeu que havia um barco fixado ao píer, com um motor de popa.

Seguindo o mapa, ele entrou no barco, ligou o motor e conduziu-o em meio à escuridão sem fim de umas das adutoras apontadas no mapa. Fixou a lanterna na direção horizontal do túnel e seguiu em frente.

Depois de quinze minutos, o jornalista chegou ao fim do córrego, onde também havia outro píer. Não obstante, ele olhou mais uma vez o mapa e descobriu que estava debaixo do Morro da Luz, ponto turístico na avenida da Prainha, localizado bem no centro da cidade.

O mapa dizia que ele tinha que subir a escada, abrir a tampa da entrada falsa do esgoto e sair em uma pracinha que ficava bem no centro do Morro da Luz. Ademais, o mapa dizia que ele tinha que caminhar dez passos à esquerda, para então encontrar o local onde estava a caixa espelhada.

Assim, ele fez como o mapa dizia. Quando chegou ao local exato, havia um símbolo de espiral sobre a grama de, aproximadamente, dois metros de diâmetro.

O desenho era exatamente como foi descrito pelo Barão de Melgaço, mas em proporções menores, quando ele contou que uma nave tinha pousado próxima à cidade de

Assunção, no Paraguai, de acordo com o relato do diário de Mahon.

No meio do desenho geométrico, perfeitamente marcada na grama, havia uma circunferência com um buraco no meio. Lá dentro, Benjamim Ribeiro encontrou a caixa espelhada. Assim, ainda muito empolgado e ansioso para ver o que tinha dentro, ele a carregou para fora e percebeu que tinha um morador de rua olhando. Coincidência ou não, era o mesmo que, no dia 13 de agosto, ele tinha levado para ser internado na clínica Lar Espírita da Consolação.

— Não adianta abrir a caixa! A coisa que estava aí dentro a luz que veio do céu já levou — gritou Jesus de Oliveira.

Diante de tudo isso, Benjamim começou a dar gargalhadas. Então, ele guardou a caixa e levou-a para Aisha vê-la. A magistrada ficou contemplando o objeto por alguns instantes e disse:

— Então, o segredo maçônico não foi revelado? Agora, acho que você tem que terminar essa história...

— Mas a história já terminou. O segredo retornou para onde nunca deveria ter saído — falou o jornalista sorrindo.

— Eu sei! E isso foi esplêndido. Mas, na minha modesta opinião, você deveria escrever um livro sobre isso. Seria brilhante para sua carreira de jornalista, querido! — falou Aisha, passando uma das mãos pelo rosto de Benjamim e beijando os lábios dele.

— Eu já tenho algumas anotações guardadas. Acho que vai ser muito divertido!

O jornalista se empolgou e, em menos de um mês, já tinha terminado a obra. Para sua surpresa, o livro foi um verdadeiro sucesso. Vendeu tanto que Benjamim deixou a vida de jornalista policial para se dedicar à literatura, bem como às grandes reportagens, que demandavam o tempo que fosse suficiente para terminá-las.

Além disso, agora ele tinha todas as condições para dar uma educação melhor à filha, que visitava quase todos os dias.

Porém, o impossível de acontecer acabou trazendo tudo novamente à tona. Em uma tarde corriqueira, na qual Benjamim estava dando continuidade ao lançamento do seu livro em uma livraria da cidade, eis que a última pessoa da fila que esperava pelo seu autógrafo tinha um semblante reconhecível. Quando chegou a sua vez, a pessoa disse:

— Por favor! A dedicatória pode ser para o advogado e historiador Eustáquio Mahon! — era o ex-Grão-Mestre da Grande Loja Maçônica Filhos de Davi, Ângelo Anastásia Terranova Cândido.

Ao vê-lo saindo, Benjamim ficou assustado, mas teve a coragem de lhe perguntar, enquanto digitava o número da polícia, no celular que estava embaixo da mesa:

— Qual era o segredo da Maçonaria que estava dentro da caixa espelhada?

— O segredo não pode ser revelado para quem ainda é um aprendiz... — respondeu-lhe Ângelo.

Então, aquele senhor de idade avançada saiu de lá com o livro de Benjamim debaixo do braço e desapareceu em meio à multidão.

www.ingramcontent.com/pod-product-compliance
Lightning Source LLC
Chambersburg PA
CBHW020323130626
46549CB00003B/982